Das Buch

Eine Katze schmückt jeden Raum, und das weiß sie auch. Ihre Erziehung ist ganz leicht. Es heißt, dass ein paar Tage reichen, und du machst, was sie will. In zehn Geschichten rund um die Katze greifen die Autorinnen Eigenschaften und Vorlieben dieser Tiere auf, mal lustig, mal traurig, aber immer liebenswert. Denn eines steht fest: Katzen bereichern unser Leben.

Die Autorinnen

Sylke Tannhäuser
Schreibt Kriminalromane sowie Kurzgeschichten und Regionalliteratur und arbeitet als Schreibcoach
www.sylke-tannhäuser.com

Ethel Scheffler
Schreibt Krimikurzgeschichten, über wahre Fälle und Regionalliteratur
www.scheffler-stories.de

Sylke Tannhäuser & Ethel Scheffler

Dich krall ich mir

Katzengeschichten

Impressum

2. Ungekürzte Taschenbuchausgabe
Copyright@2021 S. Tannhäuser, E. Scheffler
Herstellung und Verlag: BoD - Books on
Demand, Norderstedt
ISBN 978-3-754-33475-1

Inhaltsverzeichnis

Johann Wolfgang Goethe

Katzengedicht

Zum Fressen geboren,
zum Kraulen bestellt;
in Schlummer verloren –
gefällt mir die Welt.
Ich schnurr' auf dem Schoße,
ich ruhe im Bett;
in lieblicher Pose –
ob schlank oder fett.
So gelte ich allen als göttliches Tier -
sie stammeln und lallen
und huldigen mir.
Liebkosen mir glücklich den Bauch,
Öhrchen und Tatz,
und ich wählte es wieder –
das Leben der Katz.

Sylke Tannhäuser

Dame Lydia

Karl Schumann öffnete die Haustür. Wartend blieb er auf der Schwelle stehen und
lauschte. »Tasso?«

Kein Laut, keine Reaktion. Anscheinend
schlief Tasso noch. Der Mix aus Rottweiler
und Schäferhund war im Laufe der Jahre
nicht nur älter, sondern auch träge
geworden.

Karl drückte die Tür ins Schloss, tauschte die Straßenschuhe gegen die bequemen Hauspantoffeln und ging ins Wohnzimmer. Wie vermutet, hatte Tasso sich in seinem Hundekorb vor dem großen Salzwasseraquarium zusammengerollt.

Sogleich ging Karl neben ihm in die Hocke und kraulte ihm den Nacken. »Was ist los, alter Knabe?«

Tasso hob den Kopf, legte dann jedoch die Schnauze wieder auf die Pfoten.

Erschrocken atmete Karl ein. Der kurze Moment hatte ihm gezeigt, was sein Liebling hatte. Tassos rechtes Auge war rot verfärbt, und von der Braue bis zum Oberlid zog sich ein blutverkrusteter Riss. »Keine Angst, mein Junge. Jetzt ist Papa da, alles wird gut.« Es dauerte geraume Zeit, ehe er das vierzig Kilo schwere Tier ins Auto verfrachtet hatte, um zur Tierarztpraxis von Doktor Krüger zu fahren. Krüger verschrieb eine Salbe. Eine Stunde später lag Tasso wieder in seinem Korb, als hätte er ihn nie verlassen.

Karl hingegen ging in die Küche, aus der gedämpftes Klappern drang.

»Du bist spät dran.« Elli gab ihm einen flüchtigen Kuss. Obwohl sie seit zehn Jahren verheiratet waren, liebte er sie wie am ersten Tag. Nur manchmal, da…

Unwillig scheuchte er Lydia, eine rabenschwarze Bombaykatze, von seinem Stuhl. »Was ist mit Tasso passiert?«

»Was meinst du?«, fragte Elli.

»Sein Auge ist verletzt.«

Elli hob die Schultern. »Wasch dir die Hände, das Abendbrot ist fertig.«

»Als ob ich jetzt etwas essen könnte.«

»Du und dein Hund. Wer weiß, wo der sich wieder herumgetrieben hat.«

»Erstens treibt Tasso sich nicht herum, und zweitens kann ich doch wohl erwarten, dass du auf ihn aufpasst. Schließlich bist du den ganzen Tag zu Hause.«

Elli knallte ein Holzbrettchen auf den Tisch und stellte einen Topf mit Kartoffeln darauf. Auf einem zweiten Brett landete eine Kasserole mit Gulasch. Es folgten Teller und Besteck, dann nahm sie Karl gegenüber Platz. Schweigend begannen sie, ihre Teller zu füllen, während Lydia auf Ellis Schoß sprang und sich ein Stück Fleisch angelte. Dabei starrte sie Karl an, dass er meinte, den Blick ihrer leuchtend-gelben Augen tief in seiner Seele zu spüren.

Ein Schauer lief ihm über den Rücken. Er hob die Hand, um die Katze zu verjagen. »Keine Manieren, das Vieh.«

»Finger weg von meiner Lydia, sie ist eine Dame.« Ellis Stimme klang hart. Sie und Lydia bildeten eine Gemeinschaft, in der er nichts zu sagen hatte. Anhänglich und verspielt sollten Bombaykatzen sein, hatte Elli gesagt, als sie ihn vor einem Jahr gedrängte hatte, eine Katze zu kaufen.

Karl war von Anfang an dagegen gewesen. Tasso und die Fische machten schon genug Arbeit, wozu ein weiteres Tier?

Aber Elli hatte nicht lockergelassen, und er wusste auch, warum. Seine Frau hasste Fische, und für Hunde hatte sie auch nicht viel übrig.

Sein Blick fiel auf den Rührlöffel neben dem Herd. Ein Schlag damit könnte durch-

14

aus ein blaues Auge verursachen. Oder in Tassos Fall ein rotes.

Aber nein, Elli würde niemals…oder vielleicht doch? Sie hatte noch immer nicht gesagt, woher Tassos Verletzung stammte.

An diesem Abend konnte Karl nicht einschlafen. Unruhig wälzte er sich im Bett von einer Seite auf die andere, ein immer gleiches Bild vor Augen: Elli, die mit dem Rührlöffel auf Tasso einschlug, während Tasso, gutmütig wie er war, ihren Ausbruch über sich ergehen ließ.

Tags darauf traute Karl sich kaum, Elli mit Tasso allein zu lassen, doch schließlich konnte er den Abschied nicht länger hinauszögern. Das erste Mal in all den Jahren ging er widerwillig zur Arbeit. Der Tag zog sich wie Gummi. Kaum konnte Karl den Feierabend erwarten, und als er gegen sechs Uhr sein Heim wieder betrat, eilte er zuerst in die Stube. Tasso lag friedlich in seinem Korb und schlief. Karl atmete auf. Wie hatte er seine Frau bloß derart verdächtigen können? Als Wiedergutmachung beschloss er, sie in das neue

Restaurant gleich um die Ecke einzuladen.

Lächelnd wandte er sich von Tasso ab, da fiel sein Blick auf das Aquarium, und sein Lächeln erstarb.

Im blauen Licht des Vierhundertliterbeckens schwebte sein geliebter Tikki wie ein Fremdkörper an der Wasseroberfläche, mit dem Bauch nach oben und den schwarz umrandeten Rückenflossen nach unten. Tikki war ein zehn Zentimeter langer Clownsfisch und Karls ganzer Stolz. Die orangen Tiere mit dem weißen Querstreifen waren anspruchsvoll und eine echte Herausforderung für jeden Aquarianer, denn ihre Haltung erforderte eine Menge Geduld und Fingerspitzengefühl.

Doch ihm, Karl, war es nach einigen Versuchen geglückt. Bis jetzt, denn nun war Tikki unübersehbar tot.

Vorsichtig fischte Karl den Leichnam aus dem Becken heraus. Während er grübelte, woran Tikki wohl gestorben sein mochte, bemerkte er die Kratzer auf seinen Schuppen. Hatte der Clownsfisch etwa Streit mit den anderen Fischen gehabt?

Karl stutzte. Erst jetzt fiel ihm auf, dass in dem Becken keine Bewegung herrschte. Kein Fisch schwamm herum, nur die Fangarme der Korallen wiegten sich im Blubbern der Pumpen sacht hin und her.

Er stürmte in die Küche. »Elli, wo sind meine Fische?«

Ellis stand am Herd und brutzelte Bouletten. Sie deutete mit dem Pfannenwender auf den Clownsfisch in Karls Hand. »Sollte der nicht im Wasser schwimmen?«

»Natürlich, aber er ist tot, und alle anderen sind weg. Ich habe mir so viel Mühe mit ihnen gegeben. Alles für die Katz.« Karl schubste Lydia von seinem Stuhl.

Die Katze fauchte, so dass Elli sie schnell auf den Arm nahm. Mit der anderen Hand schob sie Karl die Bouletten hin. »Mach dir ein Brot dazu, das muss reichen. Du weißt doch, heute ist Mittwoch.«

Mittwochs traf Elli sich mit Gleichgesinnten im Katzenverein des Ortes.

Karl stocherte in einer Boulette herum, dann kostete er. »Die schmecken anders als sonst. Irgendwie komisch.« Er roch an dem Fleisch.

Elli lächelte. »Ich habe etwas Neues probiert. Gesunde Küche, Fischbouletten.«

Entsetzt ließ Karl die Gabel sinken. »Hast du etwa…«

Doch Elli hörte ihn nicht mehr. Sie war schon zur Tür hinaus.

Wie betäubt saß er am Tisch und starrte vor sich hin. Irgendwann raffte er sich auf und ließ die Bouletten im Abfalleimer verschwinden. Einen Moment lang erwog er, den Müll nach verräterischen Spuren zu durchsuchen. Köpfe, Flossen, Schuppen.

Doch angesichts des Mixers neben dem Herd verwarf er den Gedanken. Wenn Elli etwas tat, war sie gründlich. Gewiss hatte sie die Fische im Mixer in winzig kleine Stücke zerteilt. Ausgeschlossen, dass da identifizierbare Einzelteile übriggeblieben waren.

Zurück im Wohnzimmer schenkte er sich einen doppelten Whisky ein. Auf dem Sofa sitzend starrte er auf das Aquarium. Es war wirklich sonderbar, dass es Elli so verdammt eilig hatte, zu ihren Katzenfreunden zu kommen.

Ein Gedanke begann in ihm zu keimen, machte sich breit und nistete sich ein, bis er zur Gewissheit wurde. Seine Elli, die Frau, die ihm ewige Liebe geschworen hatte, war drauf und dran ihn zu vernichten. Erst Tasso, dann Tikki und schließlich der Rest. Wie lange würde es wohl dauern, bis er selbst an der Reihe war? Bis sie ihn vielleicht sogar durch einen anderen ersetzte?

Nach drei weiteren Whiskys stand Karls Entschluss fest. Er musste handeln.

Sogleich ging er in den Keller. Irgendwo musste noch ein Türschloss herumliegen. Es dauerte geraume Zeit, dann hatte er es zwischen halbleeren Farbdosen und seinem Vorrat an Nägeln und Schrauben gefunden.

Noch länger dauerte es, bis er das Schloss der Schlafzimmertür ausgewechselt hatte, doch schließlich war es vollbracht.

Mühsam schleppte er Tasso ins Ehebett, ehe auch er in die Kissen sank.

Die Tage bis zum Wochenende verbrachte Karl damit, Hausrat und sonstige Dinge, an denen er hing, in Kisten zu packen. Nachts schloss er sich mit Tasso im ehelichen Schlafzimmer ein.

Am Sonntag stellte Elli ihn zur Rede. »Verrätst du mir bitte, was das werden soll?«

»Ich ziehe aus.«

»Aber warum? Liebst du mich denn nicht mehr?«

Die Frage brachte Karls Entschluss ins Wanken. Natürlich liebte er Elli noch, aber ein Blick auf das leere Aquarium bestätigte ihn in seinem Entschluss. Er bückte sich, um das Sofa anzuheben. »Hilfst du mir mal?«

Wortlos packte Elli mit an. Es war offensichtlich, dass sie mit den Tränen kämpfte. Karl vermied es, sie anzusehen. Sie ist eine Killerin, hämmerte er sich ein, wieder und wieder.

Trotzdem zerriss ihm der Gedanke, sie nie wieder in die Arme schließen zu können, das Herz.

Gemeinsam wuchteten sie die Couch zur Seite.

»Igitt, was ist das?« Elli betrachtete die vertrockneten Körper, die unter dem Sofa zum Vorschein gekommen waren.

Karl war fassungslos. »Das sind…das sind doch meine Fische.«

Wie aus dem Nichts tauchte Lydia auf, strich Elli um die Beine und schnüffelte an den Kadavern. Dann begab sie sich mit wiegenden Schritten zum Hundekorb und stieg hinein. Tasso zuckte zurück, doch er ließ zu, dass sie sich neben ihm zusammenrollte.

»Die Fische, der Hund«, stotterte Karl. »Ich dachte…«

»Du hast recht, das ist eindeutig Lydias Werk«, fiel Elli ihm ins Wort. »Diesmal hat sie sich wirklich nicht wie eine Dame benommen.«

Zaghaft legte Karl den Arm um Ellis Schultern. »Kannst du mir verzeihen?«

»Weil du mich verlassen wolltest? Ich weiß immer noch nicht, warum eigentlich.«

Karl entschloss sich zu einer Notlüge. »Midlife-Crisis, schätze ich. Ich hatte wohl Angst, etwas zu versäumen.«

»Wenn du das nächste Mal glaubst, das Leben zu verpassen, sag mir Bescheid. Dann plane ich einen Abenteuerurlaub für uns.«

»Und Tasso?«

»Der kommt mit. Und Lydia auch.«

»Verdient hat sie es nicht«, brummte Karl.

»Nein, aber sie hat es gewiss nicht böse gemeint.«

Eine magere Entschuldigung für eine Killerin, dachte Karl warf Lydia einen finsteren Blick zu. Die jedoch drückte sich enger an Tasso, der die Pfote um sie legte.

»Sie sind Freunde, siehst du?« Elli lächelte gerührt. »Jetzt wird alles gut.«

Wie um zu antworten, wedelte Tasso mit dem Schwanz, während Dame Lydia leise schnurrte.

Ethel Scheffler

Der Kiosk

Helmut Stange arbeitet schon eine gefühlte Ewigkeit in seinem Kiosk. Die ersten Jahre lief seine Bude, wie er ihn liebevoll nannte, prächtig. Sogar ein Fenster hatte Helmut einbauen lassen, damit Tageslicht in das Innere seines kleinen Verkaufsraumes fiel.

Doch dann wurden im Einzelhandel neue. verlängerte Öffnungszeiten genehmigt. Helmut musste sein Sortiment umstellen. Von da an führte er nicht nur Zeitungen, Zigaretten und Getränke, sondern auch einige Lebensmittel.

Sogar glücklich konnten die Kunden bei ihm werden, zumindest per Schein, per Lotto eben.

Bei einem Schwätzchen bekam jeder einen Rat von ihm, gefragt oder ungefragt. Auch die Anschaffung von zwei neuen Stehtischen hatte sich gelohnt, denn viele nutzten diese für einen schnellen Kaffee oder aßen hier in der Mittagspause Bockwurst und Salat. Damit lief zunächst alles wieder bestens.

Bis in der Nähe ein neuer Supermarkt öffnete. Das war für sein Geschäft trotz der guten Lage sehr abträglich. Da half auch der schönste Sommer nichts. Die umsatzstärksten Monate Juni und Juli schwächelten jetzt gewaltig.

Helmut überlegte: Welche Artikel kann ich noch in das Sortiment aufnehmen? Was kann ich sonst verändern? Ihm fiel nichts ein. Deprimiert dachte er schon ans Aufhören.

Eines Abends stellte Helmut wie immer den Müllsack neben die Tür. Nach dem letzten Kontrollblick ins Innere schloss er seine Bude ab.

Da miaute es.

Helmut schaute sich um. Direkt hinter ihm saß eine Katze. Ihr oranges Fell war ganz struppig, und abgemagert war sie auch.

»Na du? Bestimmt hast du Hunger.« **Er** beugte sich zu dem Tier und strich ihm sanft über den Kopf. Sogleich begann die Katze zu schnurren.

Schnell schloss Helmut den Kiosk wieder auf und ging zum Kühlschrank.

Die kleine Fellnase war ihm gefolgt und schien jede seiner Bewegungen genau zu registrieren. Als er eine Bockwurst in kleine Stücke schnitt, schwänzelte sie um ihn herum, und kaum hatte er die Wurst vor ihr auf den Boden gelegt, machte sich die Mietz darüber her.

Am nächsten Tag regnete es aus dunklen Wolken, als Helmut seinen Kiosk aufschloss. Wie aus dem Nichts war die

Katze plötzlich wieder da. Mit einem skeptischen Blick zum Himmel öffnete Helmut die Tür. »Komm rein. Bei dem Wetter jagt man doch keinen Hund vor die Tür, geschweige denn eine Katze.«

»Miau«, stimmte ihm die Katze zu, als hätte sie ihn verstanden. Sie saß stolz aufgerichtet und wartend vor ihm.

Wie am vergangenen Tag zerteilte Helmut eine Bockwurst, legte die Stückchen auf einen Teller, den er vor der Katze auf den Boden stellte. »Wer weiß, ob bei dem Wetter heute überhaupt jemand kommt und einen Imbiss kauft«, sagte er halblaut vor sich hin.

An trüben Tagen wie diesen klingelte es kaum in der Kasse, obwohl das Dach des Kiosks etwa einen Meter überstand und damit eine gute Unterstellmöglichkeit vor Regen und Schnee bot.

Helmut öffnete das Verkaufsfenster und wartete auf Kundschaft, doch bis auf eine Frau, die eine Fahrkarte für die Straßenbahn erstand, ließ sich niemand blicken. Kaum hatte er das Wechselgeld herausgegeben, sah er nach seinem vierbeinigen Gast. Der Teller war leer, die Katze jedoch war verschwunden. »Hey, wo bist du?«

»Miau?«, kam es von dem Seitenfenster. Die Katze saß auf dem schmalen Fensterbrett und putzte sich die rechte Pfote.

Helmut lächelte. Er befürchtete jedoch, dass sie herunterfallen könnte. Aber das tat sie natürlich nicht.

Tags darauf wartete die Katze erneut auf ihn.

»Na, meine Kleine?« Er schloss den Kiosk auf, und die Katze tapste wie selbstverständlich hinein.

Diesmal war Helmut vorbereitet. Von zu Hause hatte er ein kurzes, aber breites Brett, eine Bohrmaschine, Schrauben und eine Decke mitgebracht.

Während die Mietz ihre obligatorische Bockwurst vertilgte, schraubte Helmut das Brett auf die alte Fensterbank, und anschließend legte er die Decke darauf.

Kaum war er fertig, sprang die Katze mit Leichtigkeit schnell auf ihren neuen Sitz, inspizierte die komfortable Veränderung, und dann streckte sie sich gemächlich darauf aus.

»Wenn du jetzt immer kommst, musst du auch einen Namen haben.« Helmut zog die Stirn kraus. »Wie gefällt dir Lilli?«

Keine Antwort. Wie auch? Doch die Katze schloss die Augen und schien zufrieden zu sein.

So ging es ein paar Tage. Lilli erholte sich zusehends, und ihr Fell bekam einen feinen Glanz. Was sie abends oder gar nachts trieb, blieb Helmut verborgen. Aber jeden Morgen stand sie pünktlich vor dem Kiosk, aß ihr Würstchen und legte sich den lieben langen Tag auf das Fensterbrett, linste nach draußen oder schlief.

Oft blieben Kinder vor dem Fenster stehen, und Helmut hatte den Verdacht, dass sie extra einen Umweg machten, um Lilli zu sehen. Allmählich schien es sich herumzusprechen, dass Helmut einen ungewöhnlichen Gast hatte. Die Zahl der Kunden nahm zu, der Umsatz stieg.

Eines Tages hatte er eine Idee. Wenn er schon eine Katze besaß, konnte er Katzen-

artikel ins Sortiment aufnehmen. Er order-
te verschiedene Sorten Futter und Spiel-
zeug. Die Ware präsentierte er gut sichtbar
neben Lilli auf dem Fensterbrett.

Auch ein paar Katzenbücher in Form
von Geschenkbänden für Liebhaber berei-
cherten sein Angebot. Das kam an.

Mit Lilli kam der Umsatz in Schwung.
Als Dank bekam sie nur die allerfeinsten
Happen.

Auch wenn Lilli nicht jeden Tag im
Fenster lag - schließlich hatte sie auch mal
etwas anderes vor - so blieb sie ihm doch
treu, bis er in Rente ging.

Sylke Tannhäuser

Künstlerblut

Mary-Lou war eine Balinesin, elegant und überaus anmutig. Sie hatte ein klassisches Profil, große Ohren und tiefblaue mandelförmige Augen. Ihr Fell war fein und seidig und lag flach an ihrem schlanken Körper an. Nur der lange Schwanz mit seinem kräftigen buschigen Haar fiel aus dem Rahmen, aber gerade deswegen war er Mary-Lous ganzer Stolz.

Keine Frage, sie war eine Schönheit, und vielleicht war das der Grund, warum Pete beschlossen hatte, dass sie das Motiv seines nächsten Gemäldes sein sollte.

Pete war ein Künstler, und seit zwei Jahren lebten sie nun schon gemeinsam in seinem Atelier im Dachgeschoss, von dessen großen Fenstern aus Mary-Lou bei Dunkelheit die Sterne über der Stadt sehen konnte.

»Sitz still, Mary-Lou«, sagte Pete.

Er tauchte seinen Pinsel in die weiße Farbe.

Ein Klecks auf die Palette, ein paar Tropfen schwarz dazu, und wie durch Wunderhand entstand genau das Grau, in dem Mary-Lous Fell schimmerte.

Mary-Lou gähnte. Wenn das noch lange dauerte, würde sie Pete die Meinung sagen. Er mochte es nicht, wenn sie lautstark miaute, angeblich störte es seinen Schaffensprozess. Pah!

Mary-Lou leckte ihre rechte Pfote, einmal, zweimal, dreimal, dann nahm sie sich die linke vor.

»Lass das, du darfst dich nicht bewegen.« Pete klang verärgert.

Ungerührt fuhr Mary-Lou mit der Katzenwäsche fort.

Aus den Augenwinkeln sah sie Pete auf sich zukommen. Bevor er sie erreicht hatte, richtete sie sich auf und legte den Kopf schräg. Eine Pose, auf die er stand, und tatsächlich verzog sich sein Gesicht zu einem Lächeln. »Feine Mietz. Bleib so, dann sind wir bald fertig.«

Zurück hinter der Leinwand malte er weiter, und wenn er in den Farbtöpfen rührte oder Tuben ausquetschte, hörte sie ihn vor sich hinmurmeln. Ab und zu sah sie seinen Kopf, immer dann, wenn er zu ihr schielte und sie musterte wie ein seltenes Insekt.

Gelangweilt starrte Mary-Lou vor sich hin, und sie überlegte, ob sie zwischendurch ein kleines Nickerchen machen sollte. Arbeiten war ja so anstrengend.

Doch da entdeckte sie die Fliege. Keine drei Meter entfernt schob sich das schwarze Krabbelvieh an der Fensterscheibe in die Höhe. Mitunter hielt es inne, rieb die haarigen Beine aneinander und zuckte mit den Flügeln, um gleich darauf weiterzukriechen.

Mary-Lou rührte sich nicht. Fliegen waren unberechenbar. Kaum glaubte man sie zu haben, flogen diese Biester direkt vor der Nase auf und davon, nur um sich an einer anderen Stelle wieder niederzulassen.

Die Fliege hatte den Fensterrahmen erreicht, hielt kurz inne, wendete dann und kroch zurück. Ein leises Brummen drang an Mary-Lous Ohren und brachte ihre Barthaare zum Vibrieren. Das war der Moment, in dem sie sich nicht länger beherrschen konnte. Ein Satz, und sie landete auf dem Dielenboden, ein zweiter, und sie war auf der Fensterbank. Mit einem kreischenden Geräusch schabten ihre Krallen über das Glas.

Pete warf seinen Pinsel auf die Ablage unter der Staffelei. »Verdammt, so kann ich nicht arbeiten.« Er stürmte aus dem Raum.

Schon wollte Mary-Lou ihm nach, da sah sie die verdammte Fliege keine fünf

Zentimeter vor ihrer Nase hocken. Unendlich langsam hob sie die Pfote, dann kam der Hieb.

Zu spät, das Vieh war ihr entwischt und kroch nun weit über ihr die Zimmerdecke entlang. Ein unerreichbares Ziel.

Enttäuscht rümpfte Mary-Lou die Nase und schlenderte zur Staffelei hinüber. Da sie nun schon aufgestanden war, konnte sie gleich mal schauen, was Pete zustande gebracht hatte.

Doch was war das?

Von der Leinwand starrte ihr ein Ding entgegen, mit dem sie nicht die geringste Ähnlichkeit hatte. Entsetzt musterte sie den unförmigen Leib, von dem unzählige dünne Striche ausgingen wie die Beine der dicken Spinnen, die sie so gern jagte. Statt Augen wies das Ding dunkle Löcher auf. Echt gruselig.

Dagegen musste man etwas unternehmen, aber was?

Das Bild zerfetzen?

Mary-Lou betrachtete ihre Pfoten mit den scharfen Krallen. Das würde Pete ihr nie verzeihen. Wie alle Künstler waren seine Werke wie Kinder für ihn. Er war viel zu sensibel, als dass er sich von ihrer Zerstörungswut erholen könnte.

Im schlimmsten Fall würde er sie womöglich verstoßen. Nicht auszudenken, was sie dann erwartete. Ein Leben auf der Straße? Niemals.

Ihr Blick fiel auf die hölzerne Palette mit den Farbklecksen, die winzigen Hundehaufen glichen. Weiße, graue, schwarze, rote und sogar blaue waren dabei.

Vorsichtig tippte sie auf den blauen Fleck, betrachtete die Farbe an ihrer Pfote, und plötzlich hatte sie eine Idee. Volle zehn Minuten arbeitete Mary-Lou sich systematisch von links nach rechts und von oben nach unten über das ganze Gemälde vor, und als sie erschöpft innehielt, war es von Abdrücken nur so übersät. Bunt mischten sich die Farben zu einer Pracht, die ihr Tränen der Freude in die Augen trieb.

Die Tür klappte, Pete war zurück. Wie vom Donner gerührt stand er vor dem

Bild, die Augen kugelrund und den Mund zu einem stummen Schrei geöffnet. Er schien nicht zu wissen, was er sagen sollte.

Ein Lob wäre jetzt passend, dachte Mary-Lou, aber wie sollte sie ihm das begreiflich machen?

Was ihre Kommunikation betraf, stand Pete meistens auf dem Schlauch.

Drei Wochen später tummelten sich jede Menge Frauen und Männer in Petes Atelier, die Mary-Lou noch nie gesehen hatte. Häppchen essend und Wein trinkend standen sie in Grüppchen herum, guckten sich Petes Bilder an und gaben zwischen den *Ah's* und *Oh's* Bemerkungen zum Besten, die Mary-Lou nicht kapierte und die sie daher als Unsinn einstufte. Ein Gemälde sorgte für besondere Aufmerksamkeit. Zu Recht, wie Mary-Lou fand, hatte sie sich doch förmlich daran abgearbeitet.

Der Abend zog sich endlos hin, aber irgendwann war auch der letzte Gast gegangen. Pete saß auf seinem Drehhocker, einen Stapel Geldscheine in der Hand und ein glückseliges Lächeln im Gesicht. »Dreitausend Euro«, sagte er zu Mary-Lou. »Allein für das Bild, das du ruiniert hast. Was sage ich, gerettet hast du es. Du bist ein Genie.«

Mary-Lou rollte sich auf ihrem Kissen zusammen. Sie – ein Genie! Gut, dass Pete es endlich kapiert hatte. Zufrieden schloss sie die Augen.

Ethel Scheffler

Schwarzer Engel

Wie so oft in der letzten Zeit, verspürte Bernd Kunath auch heute keinen Appetit auf sein Mittagessen. Dabei hatte er die 400-Gramm-Packung mit dem tiefgefrorenen Frikassee am Vormittag selbst eingekauft.

Jetzt, zur Mittagszeit, entfernte Bernd die Verpackung und legte den Eisklotz in eine geeignete Schüssel, um sie anschließend in die Mikrowelle zuschieben. Nach sechs Minuten ertönte ein leises Pling. Das Gericht war fertig. Auf Schnickschnack, wie eine geschälte Kartoffel, verzichtete der 75-Jährige.

Überhaupt hatte er immer seltener Lust zum Kochen und taute nur noch Fertiggerichte auf. Zurückgezogen lebte er in einem Mehrfamilienhaus im Erdgeschoß mit Balkon zum Hof hinaus. Bei den Mitbewohnern galt er als Eigenbrötler, denn seit dem Tod seiner Frau kapselte er sich ab.

Hilde hatte ihn früher häufig zu Reisen gedrängt, durch viele Kunstausstellungen geschoben und auf jeder Bundesgartenschau beutelweise Blumenzwiebeln für die Pflanzkästen erstanden. Sie hatte den Takt in seinem Leben angegeben, und er vermisste sie immer noch.

Nachdem Bernd das heiße Frikassee von der Schüssel auf einen Teller umgefüllt hatte, holte er sich noch einen Löffel aus dem Besteckkasten. Dann nahm er beides und setzte sich an den Holztisch auf seinen Balkon, denn die Maisonne wärmte schon ordentlich.

Unentschlossen schaute er auf die vielen grünen Erbsen zwischen den hellen Fleischstückchen. Er nahm den Löffel in Hand, doch der Appetit wollte sich einfach nicht einstellen.

Plötzlich hörte er ein klägliches Mauzen.

Erstaunt sah Bernd auf die schwarze Katze zu seinen Füßen. »Du bist ja eine hübsche Mietz.«

Er vergaß sein Essen und nahm die Katze auf den Schoß. Sitzend lehnte sie den Kopf an seine Brust. Sacht strich er ihr über den Rücken.

Sie trug kein Halsband, wahrscheinlich streunte sie herrenlos umher.

»Dein Fell ist aber ziemlich struppig, und ein ausgefranstes Ohr hast du«, stellte Bernd fest. Er spürte die Wirbelknochen, die spitz durch das dünne Fell drückten.

Als würde sie gegen die Beschreibung protestieren, richtete sich die Katze auf und stemmte die Vorderpfoten gegen seine Brust. Ihre riesigen dunklen Pupillen schienen ihn anzublitzen. Wollte sie ihn hypnotisieren?

Oder wollte sie ihm damit zu verstehen geben, dass solche Bemerkungen keine Frau…ähm Katzendame hören wollte?

Bernd musste grienen: »So empfindlich meine Dame?«

Die Katze sprang auf den Tisch und schnupperte an seinem Frikassee. Dann angelte sie sich zielgerichtet ein Geflügelstückchen vom Teller, leckte die Soße ab und schob es ins Maul.

Belustigt schaute Bernd zu. »Du scheinst Hunger zu haben. Bitte bediene dich.«

Das ließ sich die Katze nicht zweimal sagen. Sie futterte den ganzen Teller leer, nur die Erbsen, die aß sie nicht. Sichtlich satt und zufrieden begann sie anschließend ihre Pfötchen zu putzen. Damit fertig, schaute sie Bernd an.

Was wollte sie jetzt? Er konnte ihr Verhalten nicht deuten. Noch nie hatte es ein Haustier in seinem Leben gegeben.

»Mehr gibt es nicht«, sagte er und hob bedauernd die Hände.

Als hätte sie ihn verstanden, sprang die Katze auf den Rand des Balkons. Ein letztes Mal drehte sie sich zu Bernd um, dann verschwand sie in den Hof.

Den Nachmittag über ließ sie sich nicht blicken, erst am Abend, da kam sie zurück.

Bernd hatte es sich gerade mit einem Leberbrotwurst auf dem Balkon bequem gemacht, da landete sie auf leisen Pfoten neben ihm.

»Miau.« Sie spitzte die Ohren und schaute ihn an.

»Du hast wohl gerochen, dass es Abendbrot gibt? Bestimmt hast du wieder Hunger.« Er hob die Katze auf die Holzbank neben sich. »Bleib hier sitzen. Ich hole dir was.«

Er ging in die Küche und kam wenig später mit einem zweiten Teller wieder, auf dem Jagdwurststückchen und Brotbrocken lagen. Schwups sprang die Katze auf ihn zu. Seite an Seite verputzten sie ihr Essen.

Als sie fertig waren, holte Bernd ein Sofakissen aus der Stube, legte es neben sich und klopfte darauf. »Hopp, mein Kätzchen. Mach es dir bequem.«

Die Katze, die sich ihre Pfötchen putzte, hielt inne. Dann sprang sie auf das Kissen und beschnupperte es. Nachdem Bernd ihr zunickte, rollte sie sich zusammen.

Während Bernd das Rätsel in der Tageszeitung löste, schaute er immer wieder auf die Mietz, die zu schlafen schien.

Als er jedoch die Zeitung geräuschvoll zusammenfaltete und beiseitelegte, sprang sie auf die Balkonbrüstung und von da mit einem Satz in den Hof.

»Gute Nacht«, rief Bernd ihr nach und blieb betrübt und in Gedanken versunken zurück.

Am nächsten Tag ging er in den nahegelegenen Supermarkt. Für sich kaufte er eine Packung Spinat. Anstatt aber wie sonst gleich zur Kasse zu gehen, führten ihn seine Schritte, wie von Geisterhand gelenkt, zu dem Regal mit Tierfutter. Zögernd musterte er die Katzennahrung. Was davon mochte seiner neuen Freundin wohl schmecken?

Die Auswahl war riesig. Hühnerfilet mit Karotten und Löwenzahn. Thunfisch mit

Kürbis und Minze. Huhn mit Jakobsmuscheln. Sicherheitshalber nahm er alle drei Menüdosen mit.

Zu Hause schälte er als Erstes ein paar Kartoffeln. Der Spinat kam in die Mikrowelle. Dann öffnete er eine Dose von dem Katzenfutter und drapierte den Inhalt auf einen Teller. Er roch daran. Gar nicht so schlecht, befand er.

Schnell noch ein Ei in die Bratpfanne. Während es brutzelte, legte er Messer und Gabel auf den Tisch. Natürlich auf dem Balkon, denn auch heute war ein schöner warmer Maitag.

Bernd freute sich auf das Essen wie schon seit langem nicht mehr. Für ihn gab es Spinat mit Spiegelei und Salzkartoffeln, für das Kätzchen das Thunfischmenü.

Aber wo blieb sein Gast? Er reckte den Hals und schaute von seinem Balkon aus in den Hof. Nichts zu sehen.

Enttäuscht griff er zu Messer und Gabel, um sich dem dampfenden Spinat zu widmen. Er wollte gerade eine Portion in den Mund schieben, da mauzte es. Erfreut legte er das Besteck beiseite. »Na, da bist du ja.«

Die Katze schlich um seine Beine.

Bernd kraulte sie am Kopf und brachte sie so zum Schnurren. Dann griff er nach dem Teller mit dem Katzenfutter und stellte ihn auf den Boden. »Schau mal, was ich für dich habe. Das ist was ganz Feines.«

Während sie aßen, erzählte Bernd von seinem Einkauf. Wie erstaunt er gewesen war über die Vielfalt an Katzenfutter, die es gab.

Jeder, der am Balkon vorbeigegangen wäre, hätte sich gewundert, denn zu sehen war der sprechende Alte nicht. Aber vielleicht hätte auch niemand über die Stimme gestaunt, im Zeitalter von Handy und Knopf im Ohr.

Zwei Wochen waren seit jenem ersten Tag vergangen. Täglich kam seine schwarze Minka, wie Bernd den vierbeinigen Gast inzwischen nannte. Nicht nur zum Essen, nein, den ganzen Tag verbrachte sie bei ihm. Endlich war er nicht mehr allein. Minka heiterte ihn auf, und wer Bernd jetzt auf der Straße begegnete, wunderte sich über ihn. Im Gegensatz zu früher ging er aufrecht und war gesprächig, sogar auf seine Kleidung achtete er mehr. Auch bunte Blumentöpfe zierten seinen Balkon.

Und Minka? Die hatte ordentlich zugelegt.

Sylke Tannhäuser

Das Geschenk

Luna hob den Kopf, um zu sehen, was sie geweckt hatte. Sie lag im obersten Körbchen des Kratzbaumes, den ihre Menschen für sie angeschafft hatten, gleich nachdem sie bei ihnen eingezogen war.

Vermutlich, um die Möbel vor ihren scharfen Krallen zu schützen, dabei wusste jedes Katzenkind, wie wichtig das Wetzen für das Wohlbefinden war.

Tisch- und Stuhlbeine waren also tabu, die Couch auch. Blieb der Baum, ein wahrhaft mickriger Ersatz, gewiss.

Sie ließ den Blick schweifen, aber sie konnte nichts Ungewöhnliches erkennen. Kein Mensch war zu sehen, denn tagsüber waren die Zweibeiner nur selten zu Hause.

Da! War das eine Bewegung rechts neben der Terrassentür?

Luna kniff die Augen zu schmalen Schlitzen zusammen und starrte die Gardine an.

Lange.

Sehr lange.

Nichts!

Sie musste sich geirrt haben. Da sie nun einmal munter war, begann sie mit der Morgentoilette. Erst die Pfoten, dann die Brust. Strich für Strich, die Zunge angefeuchtet. An der Flanke angelangt, nahm sie erneut eine Bewegung wahr und erstarrte. Diesmal hatte sie sich nicht geirrt, da war etwas, genau dort, wo schon vorhin die Stores gewackelt hatten.

Lautlos sprang sie vom Kratzbaum auf die Fliesen und pirschte sich Zentimeter um Zentimeter vor.

JETZT.

Mit einem Satz landete sie direkt auf ihrer Beute und presste sie mit ausgefahrenen Krallen auf den Boden.

Ein schrilles Fiepen erklang. Luna hielt eine Maus in den Pfoten. Es war nicht ihre erste, sie hatte schon viele erlegt, trotzdem war es immer wieder erregend.

Ihre Schnurrhaare vibrierten, als sie den Nager beschnupperte. Er roch nach Angst, nach nackter elementarer Angst. Schon erwog sie einen gezielten Biss in seinen Nacken, da knackte es. Die Terrassentür sprang einen Spalt breit auf, und eine dunkle Hand kam in Sicht, die nach dem Riegel tastet.

In weiten Sprüngen brachte Luna sich auf ihrem Kratzbaum in Sicherheit und verfolgte von dort, was dann geschah.

Der Hebel der Tür klackte nach oben, und eine Gestalt schob sich ins Innere. Es war ein Mensch, aber er sah ganz anders aus als ihre Zweibeiner. Er trug eine schwarze Hose, dazu eine Jacke, ebenfalls schwarz, und auf seinem Kopf saß eine Mütze, die nur die Augen freiließ.

Aufgeregt witterte Luna. Das da war fremd, das kannte sie nicht. Und es war bedrohlich.

Sie duckte sich in den Hängekorb und machte sich ganz flach. Nur ein kleines bisschen wagte sie sich über den Rand, gerade so weit, dass sie beobachten konnte, was der Fremde trieb.

Er schien sie nicht bemerkt zu haben. Systematisch öffnete er die Türen der Schränke, zog die Schubladen heraus und kramte auf dem Sideboard herum. Als er das Fach untersuchte, in dem ihr Futter lag, reckte Luna den Hals. Er würde doch nicht…

Verdammt, er tat es tatsächlich.

Ungerührt wühlte er in den Tütchen mit den Leckerbissen herum. Katzenschokolade und Knabbermix purzelten durcheinander, mischten sich mit Crispies und den Dingern, die so lecker nach würzigem Käse schmeckten.

Als sich die Maus in ihren Fängen regte, war Luna einen Moment lang abgelenkt. Gleich darauf rief sie sich zur Ordnung. Sie sollte etwas unternehmen.

Der Mensch stolzierte auf ihren Baum zu, und unvermittelt wusste sie, was sie tun würde. Als er auf ihrer Höhe war, streckte sie das Hinterteil aus dem Korb und pieselte, was die Blase hergab. Der Strahl traf die Mütze, perlte ab und lief über die Stirn des Menschen in seine Augen.

»Igitt!« Der Mann riss sich die Mütze vom Kopf. Ein Schädel kam zum Vorschein, blank glänzte er im hereinfallenden Sonnenlicht.

Luna fixierte ihr Ziel, dann ließ sie die Maus fallen. Direkt auf die Glatze des Fremden.

Schreiend stolperte der Mann zur Terrassentür. Eine Sekunde später war er weg.

Geschmeidig sprang Luna aus ihrem Körbchen herab. Auf den Fliesen lag die Maus, sie hatte den Sturz nicht überlebt, aber egal. Auch tot war sie ein wertvolles Geschenk. Eines für Kenner. Ihr Frauchen würde sich bestimmt riesig darüber freuen.

Ungeduldig wartete Luna, dass ihre Menschen nach Hause kamen. Kerzengerade und den Schwanz säuberlich um die Vorderpfoten geringelt saß sie im Flur, bis die Kirchturmuhr sechsmal schlug.

Dann war so weit. Die Zweibeiner näherten.

Luna reckte sich, packte die Maus mit den Zähnen und legte sie vor ihrem Frauchen ab. Stolz hob sie den Kopf, Frauchen würde sie loben.

Doch plötzlich gellte ein Schrei durch den Flur, und bevor Luna reagieren konnte, hatte Herrchen den Nager am Schwanz gefasst und war mit ihm nach draußen verschwunden.

Seine Frau hatte sich indessen in die Stube gerettet, wo sie kopfschüttelnd das

Durcheinander betrachtete. *Böse Katze*, hörte Luna sie sagen. Worte wie *Unordnung* und *Tohuwabohu* schwebten durch den Raum, aber da hörte Luna schon nicht mehr zu. Gekränkt verzog sie sich in die Hängematte des Kratzbaumes. Sollten die Zweibeiner doch weiterhin Salatblätter und Weizenkörner essen. Das war das letzte Mal, dass sie ihre Beute verschenkt hatte. Wie zur Bekräftigung ließ ein leises Miau ihre Schnurrhaare beben.

Aus den Augenwinkeln verfolgte sie, wie das Frauchen zur Terrassentür ging. Jetzt wirkte Frauchen aufgeregt. Dann hatte sie auf einmal das kleine flache Ding in der Hand, mit dem sie ständig mit anderen Zweibeinern telefonierte, Nachrichten las oder Musik hörte. Ihr Handy.

Frauchens Stirn war gefurcht, das Gesicht ganz ernst, und ihre Stimme erst. Die klang eindeutig nach Furcht. Wer weiß, was Frauchen gerade zu hören bekam.

Luna spitzte die Ohren, doch sie konnte nichts verstehen. Am liebsten hätte sie sich das Handy geschnappt und es irgendwo in der Erde verbuddelt, aber da verschwand es bereits wieder in Frauchens Hosentasche.

Herrchen kam herein. Wie schon zuvor Frauchen, schaute auch er sich fassungslos um. »Was ist denn hier passiert?«

»Die Tür ist aufgehebelt, anscheinend wurde bei uns eingebrochen. Ich habe die Polizei verständigt.«

»Und Luna?«

Ein paar schnelle Schritte, dann tauchte Frauchen vor Lunas Augen auf. »Mein armer, armer Schatz, du musst fürchterliche Angst gehabt haben.«

Schranktüren klappten laut, Schubladen wurden bewegt, dann ließ sich das Herrchen vernehmen. »Wie es aussieht, ist alles noch da. Nichts wurde gestohlen.«

»Hast du etwa den Bösewicht vertrieben?«, flüsterte Frauchen in Lunas Ohr. »Dafür bekommst du eine besonders große Portion von deinem Lieblingsfisch.«

Zufrieden mauzend streckte Luna sich in der Hängematte aus. Besser hätte der Tag nicht enden können.

Ethel Scheffler

Felix, der Glücksbringer

Ich bin Felix, und ich habe es bei meinem Frauchen Biggi gut.

Allerdings nervt sie mich zurzeit. Nichts läuft wie immer. Gewöhnlich schaue ich morgens nach, was für mich im Fressnapf liegt. Dann putze ich mich kurz, während Biggi unter der Dusche steht. Top gestylt erscheint sie einige Minuten später in der Küche, drückt den Knopf am Kaffeeautomaten und nimmt sich einen Apfel aus der Obstschale. Während sie in den Apfel beißt, streichelt sie mit der anderen Hand mein Fell. Dann holt sie sich die Tasse Kaffee und liest die News auf ihrem Handy. Kaum hat sie ihren Kaffee ausgetrunken, geht sie aus dem Haus...

Herrlich. Ich habe freie Bahn.

Als erstes futtere ich jetzt meinen Fressnapf leer. Anschließend spaziere ich durch die Katzenklappe hinaus ins Freie und schaue, ob in meinem Revier alles in Ordnung ist. Ich mag es zum Beispiel ganz und gar nicht, wenn vor den Türen der Siedlungshäuser Schuhe herumstehen.

Meistens sind es alte Gartenlatschen aus Gummi in verblichenen Farben oder Turnschuhe. Die sind nicht nur ausgetreten. Nein. Der Schweißgeruch, der ihnen entströmt, verjagt sogar die Mäuse im näheren Umkreis. Das kann ich nicht ertragen. Die Dinger müssen sie weg.

Ich beiße zu und trage Schuh für Schuh zu dem nahegelegenen Teich in dem kleinen Waldstück nebenan. Immer nur den linken, den rechten entsorgen die Eigentümer dann meistens selbst.

Danach schaue ich gewöhnlich bei Amalia vorbei. Ein süßes Katzenmädel mit weißem Fell und schwarzen Ohren, dessen Katzenkörbchen ein paar Grundstücke weiter steht. Ich scheine bei ihr ganz gut anzukommen. Stundenlang können wir faul zusammen in der Junisonne liegen.

Doch seit etwa drei Wochen sehe ich Amalia kaum noch. Genaugenommen, seit Biggi nicht mehr ins Büro geht. Seitdem arbeitet sie am Küchentisch. Homeoffice nennt sich das.

Die Katzenklappe ist ständig zu. Ich soll zu Hause bleiben, bloß, weil auch Biggi zu Hause ist. Amalia wird mich vermissen. Oder schlimmer noch, ein anderer Kater schnappt sie mir weg.

Blöd, dass Biggi auch abends zu Hause ist und auf mich aufpasst, weil sie grade Single ist. Dabei muss ich ständig an Amalia denken. Viel lieber wäre ich bei ihr.

Ich muss mir etwas einfallen lassen. Wenn Biggi genau wie ich verliebt wäre, würde das die Lage schon etwas entspannen. Ich muss ihr einen Mann suchen, doch dazu muss ich mein Revier verlassen. Das mache ich ungern, doch ich tue es für Amalia.

Also schleiche ich mich in einem unbeobachteten Moment aus dem Haus und raus aus der Siedlung. Dorthin, wo es mehr Menschen gibt. Leider gibt es da auch mehr Autos, die mir sehr gefährlich werden könnten.

Nach einer halben Stunde erreiche ich die Einkaufsmeile. Hektisch laufen die Menschen hin und her. Wie nur soll ich in dem Gedränge einen Mann für mein Frauchen finden?

Auf dem Freisitz des Kaffees *Süße Liebelei* setze ich mich hin. Die Sonne scheint und heizt das Pflaster auf. Die Kirschturmuhr schlägt. Mittag. An jedem Tisch sitzen Leute und genießen das Wetter.

Ich schaue auf die Füße, speziell auf die Schuhe. Biggi hat auch eine Menge davon. So viele, dass sie dafür einen extragroßen

Schrank braucht. Manchmal sehe ich sie mehrere Paare anprobieren, bevor sie sich für eines entscheidet. Immer passend zur Handtasche.

Wie gut, dass ich ein Kater bin. Meine Pfoten sind schwarz. Die bleiben, wie sie sind. Schwarz. Ganz einfach.

Angesichts der vielen Füße auf dem Freisitz denke ich nach. Biggis Zukünftiger müsste natürlich auch ordentliche Schuhe tragen. Das wäre schon wichtig. Ausgetretene Sneakers oder schiefe Absätze kommen nicht in Frage.

Ich scanne die Auswahl, die vor mir liegt. Bei einigen Trägern würde ich sagen, die müssten mal zum Orthopäden gehen. Doch dann sehe ich ein Paar Herrenhalbschuhe ganz aus Leder.

Ich schleiche mich an. Die Absätze sind in Ordnung. Daneben steht eine Tüte auf dem Boden, sie zeigt einen Schnürschuh und einen Schriftzug. Bestimmt war der Mensch in einem Geschäft. Nur, wofür braucht jemand neue Schuhe, wenn die alten noch so top sind?

Unbemerkt gehe ich auf Abstand, damit ich den Mann besser sehen kann. Er ist nicht alt und auch nicht dick, könnte also sportlich sein, was zu vielen Aktivitäten außerhalb des Hauses führen wird.

Ach Amalia, ich vermisse dich. Meine süße, kleine Amalia mit dem weichen hellen Fell.

Wie aber kriege ich diesen Typen zu Biggi in die Wohnung?

Wieder sehe ich Amalia vor mir, wie sie sich mit ihrer kleinen rosa Zunge putzt. Mit dem Gedanken an sie fühle ich mich stark. Entschlossen nähere ich mich der Tüte.

Während der Lederschuhmann oben am Tisch seinen Kaffee schürft und eine Zeitung liest, springe ich in die Tüte. Die fällt um. Das Geräusch lässt den Mann aufschrecken, doch ich bin schnell. Ich zerre einen der Schuhe aus der Tüte und renne mit ihm weg. Nur ein paar Meter, so ein Lederschuh ist echt schwer. Kurz setze ich ihn ab. Die Leute beobachten mich und lachen.

Der Mann steht auf, um sich seinen Schuh zu holen. Das kann ich nicht zulassen, ich brauche das Teil, verdammt nochmal. Wieder schnappe ich ihn und renne in das Getümmel.

Der Mann will mir folgen. Doch ich höre die Kellnerin wütend rufen, dass er noch bezahlen müsse.

Mein Glück.

Ich verschwinde in der Menge. Über Schleichwege und Hinterhöfe gelange ich aus dem Menschentrubel zurück in mein Viertel.

Klar haben mich ein paar Leute komisch angeschaut. Eine Katze, die einen Schuh im Maul mitschleift! Aber das war mir egal. Angehalten hat mich niemand. Sonst hätte ich meine scharfen Krallen ausgefahren.

Erschöpft komme ich zu Hause an, und ich zerre meine Beute durch die Katzenklappe. Geschafft. Dann trage ich den Schuh in die Stube und lege ihn vor Biggi ab. Die sitzt am PC und hat wie immer Kopfhörer auf.

Vielleicht hat sie mich nicht bemerkt? Doch dann steht sie auf und wäre fast über den Lederschuh gestolpert.

»Felix«, höre ich sie rufen.

Schmeichelnd sehe ich sie mit meinen liebsten Katerblick an, schleiche um ihre Beine und reibe mein weiches Fell an ihrer Jeans.

»Wo hast du nur den Schuh her?« Sie nimmt ihn in die Hand. Riecht an ihm. »Gutes weiches Leder, feine Maserung, und die Nähte sind handgesteppt. Der ist teuer.« Sie stemmt eine Hand in die Taille. »Felix?«

»Miau.« Wie soll ich ihr das auch erklären? Das ist alles nur, weil die Katzenklappe ständig zu ist. Eigentlich alles nur wegen Amalia.

Den Besitzer des Schuhs muss Frauchen nun selbst finden. Schließlich kann ich mich nicht um alles kümmern.

Am nächsten Tag liege ich auf der Couch, und die Flimmerkiste ist an. Das wundert mich, denn Biggi schaut selten Fernsehen am Nachmittag.

»Du wirst berühmt, Felix«. Sie krault mich hinter den Ohren.

Plötzlich höre ich meinen Namen, dann erscheint mein Bild auf der Mattscheibe, ganz groß. Wenn Amalia das sehen könnte! Ich bin ein Star!

Dann schiebt sich der fremde Männerschuh vor mein Konterfei, und die Moderatorin sagt, dass sich der Besitzer dieses Schuhs melden soll.

Wenn das keine gute Ansage ist...

Zufrieden kringle ich mich ein.

Zwei Tage später packt Biggi den Schuh in eine Tüte, streicht mir über das Fell und sagt, dass der Herr des anderen Schuhs sich bei ihr gemeldet hat, und dass sie sich mit ihm treffen will. Im Café *Süße Liebelei.* Dort, wo ihm der Schuh von einem Kater mit schwarzen Pfoten entwendet wurde.

Sie nimmt meinen Kopf in beide Hände: »Felix, man stiehlt keine Schuhe.« So richtig ernst klingt das aber bei ihr nicht. Bestimmt meint sie es nicht so.

Ich beginne zu schnurren und genieße die Streicheleinheiten.

Biggi schnappt sich die Tüte, und dann verlässt sie die Wohnung.

Als sie zurückkommt, strahlt sie, als hätte sie eine Extraportion Schlagsahne bekommen.

Das Strahlen ist nun schon seit Tagen in ihrem Gesicht. Das muss an den Herrenschuhen liegen, die neuerdings immer öfter bei uns in der Diele stehen. Immer dann, wenn Biggi mal nicht unterwegs ist, und ich wie früher draußen herumstromern kann. Geht doch, denke ich, und endlich habe ich auch wieder Zeit für meine Amalia.

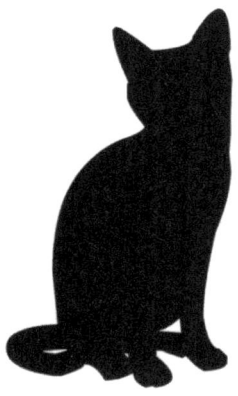

Sylke Tannhäuser

Die dicke Liese

»Liese, happihappi.« Karins laute Stimme schallte durch das Haus bis auf den Dachboden hinauf, wo Liese gerade ein kurzes Nickerchen machte.

Liese öffnete die Augen, dehnte und streckte sich und trollte sich gemächlich die schmale Stiege hinab, die als Bodentreppe diente.

Happihappi bedeute Leckerchen. Zwar hatte sie keinen Hunger, doch so eine kleine Zusatzmahlzeit war immer eine feine Sache. Sowas ließ man sich auf keinen Fall entgehen.

Liese erreichte die Küche, in der es nach süßer warmer Milch und nach Vanille roch. Sie schlenderte zu dem Topf, der neben ihrem Futternapf stand.

»Mama hat Pudding gekocht, und das ist für dich, meine Süße.« Sie bekam einen kleinen Stups, damit sie die Nase in den Topf steckte.

Liese nahm es Karin nicht übel. Das Frauchen wusste ja nicht, dass sie in der Lage war, auch ohne Hilfe den Topf auszuschlecken. Oder das Wasser aus den Blumenvasen zu trinken. Oder die geleerten Fischbüchsen aus dem Abfall fischen.

Menschen waren ja so dumm.

An der Tür schellte die Glocke, Karin öffnete, und gleich darauf hörte Liese eine ihr wohl bekannte Stimme: Gerd, Karins Freund. Noch so ein dummer Zweibeiner, aber das war nicht das Schlimmste. Viel schlimmer war, dass Gerd seinen Liebling mitgebracht hatte. Liese konnte ihn bis in die Küche riechen. Kurti war ein Mops und von ihrer ersten Begegnung an ihr Feind. Was hatten sie sich gejagt, durch das ganze Haus und den Garten. Dort war es dann zur Schlacht gekommen, und am Ende musste Kurti aus dem Pool gefischt werden. Wie ein begossener Pudel hatte er ausgesehen, und noch immer musste Liese grinsen, wenn sie daran dachte.

Auch heute war Kurti an Gerds Seite, allerdings an einer neongelben Leine.

Karin führte Gerd in die Wohnstube, wo sie die Kaffeetafel gedeckt hatte. Ein Anblick, bei dem Liese das Wasser im Mund zusammenlief. In einer Schale lagen Schokoladenkekse, auf dem flachen Teller daneben türmten sich Cremetörtchen, und in einem Porzellankännchen befand sich geschlagene Sahne.

Gegen diese Pracht waren die Puddingreste in der Küche mickrige Almosen, und als wären das nicht schon genug Qualen für Liese, durfte der doofe Kurti sich an Gerds Seite auf das Sofa legen. Merkte der nicht, dass das hier ihre Wohnung war?

Liese sprang auf Karins Schoß und schnurrte.

»Nicht jetzt.« Ehe sie sich wehren konnte, hatte Karin sie auf den Boden gesetzt. »Darf ich dir ein Törtchen geben, Liebling? Sie sind ganz frisch.«

Ja, ja, ja, miaute Liese, doch dann ging ihr auf, dass Karin nicht sie, sondern Gerd gefragt hatte.

Der stopfte die Köstlichkeit in sich hinein, als wäre er am Verhungern. Kurti ging leer aus, dafür tropfte zäher Sabber aus seinem Mundwinkel, und zwar nicht zu knapp.

»Du solltest deine Katze auf Diät setzen«, sagte Gerd, während er nach einem zweiten Törtchen griff.

»Weil sie so rund ist?« Karin lächelte. »Ach was, Liese kommt nach meiner Oma, von ihr hat sie auch den Namen: Lieselotte. Oma Liese war eine Naschkatze. Sie liebte Süßes, und es war kein Wunder, dass sie immer dicker wurde. Dabei war sie so weich und zärtlich - ich habe mich immer geborgen gefühlt, wenn ich mich in ihre Arme gekuschelt habe.«

»Eine Katze ist keine Oma und auch kein Kind.« Gerd schielte nach dem dritten Törtchen.

»Ein Hund auch nicht.«

»Willst du damit sagen, dass ich Kurti falsch behandle? Der Hund ist der beste Freund des Menschen. Es ist normal, dass ich ihn liebe.«

Unter Kurtis Schnauze hatte sich inzwischen auf dem Sofabezug ein feuchter, klebriger Fleck gebildet. Widerliche Hundespucke, dachte Liese.

»Genauso ist es normal, wie ich meine Liese liebe«, sagte Karin mit einer Stimme, die ein winziges Bisschen höher als gewöhnlich war. Der Ton war Liese bekannt, er war gefährlich.

Gerd dagegen schien nicht zu ahnen, was er da losgetreten hatte. Er plapperte weiter von Dingen wie der Verantwortung der Menschen und den Unterschieden zwischen Hunden und Katzen, wobei Hunde natürlich viel besser wegkamen.

Lieses Schnurbarthaare begannen zu vibrieren, ihre Ohren zuckten. Als Gerd einen Moment innehielt und nach dem vierten Törtchen schielte, sprang sie mit einem gewaltigen Satz über den Tisch. Sie landete auf seiner Brust, kam auf dem glatten Stoff seines blütenweißen Hemdes ins Rutschen und fuhr die Krallen aus, um sich festzuhalten.

Karin schrie auf, Gerd schrie noch lauter, und Kurti kläffte und riss an seiner Leine, als wäre er ein Wolf.

Obwohl Liese sich nach Kräften wehrte, gelang es Karin schließlich, sie von Gerds Hemd zu pflücken. Allerdings hatte das gute Stück zwei Risse und mehrere Fettflecke abbekommen, und auch ein Knopf fehlte. Den fand Liese später unter der Couch, aber da waren Gerd und Kurti längst gegangen.

Die nächste Zeit lief Karin mit einem traurigen Gesicht umher, und Liese gab sich große Mühe, sie aufzuheitern. Einige

Monate später klingelte es erneut an der Tür. Wieder hörte Liese eine Stimme. Sie war dunkel, geheimnisvoll und voller Gefühl. Ganz anders als die von Gerd. Auch der dazugehörende Mann unterschied sich von dem, den Liese so erfolgreich vertrieben hatte.

Robert war groß und kräftig mit breiten Händen, zwischen denen es sich hervorragend schlafen ließ. Das Beste jedoch war, dass er keinen Kurti hatte, sondern einen stattlichen Kater, der auf den Namen Prometheus hörte. Liese nannte ihn Promi, und es dauerte nicht lange, da war sie kopfüber in ihn verliebt.

Promi fühlte ebenso, mit Hingabe leckte er ihr Fell und rückte zur Seite, wenn sie sich hinlegen wollte. Gab es Futter, ließ er die besten Bissen für sie übrig. Und das hatte sie weiß Gott nötig, denn ihre Liebe war nicht ohne Folgen geblieben.

Liese wurde runder und runder, und dann war es plötzlich so weit. Eines Morgens präsentierte sie fünf winzige Katzenbabys.

Promi schien vor Stolz zu platzen. »Wie gut, dass du diesen Gerd mit seinem schrecklichen Kurti vertrieben hast«, hauchte er in Lieses Ohr. »Sonst hätte ich dich nie kennengelernt.«

Karin und Robert standen an Lieses Körbchen. Robert hatte den Arm um Karin gelegt und sagte: »Wie gut, dass sich mein Prometheus und deine Lieselotte so gut verstehen. Sonst wären wir nie ein Paar geworden.«

Karin strahlte ihn an und streichelte ihren gewölbten Bauch.

Ethel Scheffler

Der Überfall

Es war ein kalter Morgen im Oktober. Wie immer war Julia Noack um 6:00 Uhr aufgestanden, um bei einer Tasse Kaffee noch in Ruhe ein wenig Radio zu hören und aus dem Fenster zu schauen, bevor sie sich auf den Weg in die Firma machte.

Vor einem Jahr erst hatte sie das Unternehmen, eine Hausverwaltung, gegründet.

Die Firma befand sich im Erdgeschoß eines denkmalgeschützten Mehrfamilienhauses wenige Gehminuten von ihrem Zuhause entfernt. Ein überlebensgroßer, grüner Frosch aus Kunststein thronte auf einem Sockel über der separaten Eingangstür. Der Frosch hatte dem Haus schon vor der Grundsanierung seinen Namen gegeben: Die Froschburg, benannt nach dem ehemaligen Besitzer und Bauherrn Bernhard Frosch.

Das Haus hatte Geschichte, und das gefiel Julia. In ihrem Büro mit den vielen Fenster und den hohen Räumen hatte sie sich von Anfang an wohlgefühlt. Die Geschäfte liefen gut. Für demnächst hatte sie die Einstellung einer Mitarbeiterin geplant.

Der Weg zur Arbeit führte an einem noch unbebauten und völlig verwilderten Grundstück vorbei. An diesem kalten Oktobertag saß plötzlich ein Kater auf dem Weg. Er war grau und blickte fordernd zu Julia auf, als habe er auf sie gewartet. Sie blieb stehen und näherte sich dem Tier, das ruhig sitzen blieb. »Na? Wo kommst du denn her?«

Ein schmeichelndes *Miau* antwortete ihr.

»Ich habe keine Zeit, die Arbeit wartet«, sagte sie, streichelte ihn kurz und wandte sich zum Gehen.

Der Graue folgte ihr jedoch. Er verschwand auch nicht, als Julia die Tür aufschloss, sondern huschte einfach mit hinein in die mollige Wärme. Sofort lief er von Ecke zu Ecke, schnüffelte und knurrte.

Was mache ich nur mit ihm, dachte Julia.

Erst einmal ging sie in die Küche und füllte Wasser in eine kleine Schüssel.

»Hey Leo, komm«, nannte sie den grauen Kater einer Eingebung nach.

Der so Gerufene kam, schleckte etwas Wasser und sah zu ihr auf, als wolle er sagen: »War es das schon?«

Katzen haben doch immer Hunger.

Julia öffnete den Kühlschrank. Sie hatte stets Butter und Wurst darin. Manchmal machte sie sich zu Mittag nur schnell ein Brot, wenn keine Zeit blieb, sich im Einkaufcenter etwas zu holen.

Leo ließ die Wasserschüssel links liegen und begutachtete den Kühlschrankinhalt.

Also schnitt Julia eine dicke Scheibe von der Salami ab und hielt sie Leo hin. Sofort begann er, daran zu knabbern. Erst jetzt bemerkte Julia, dass er ziemlich dünn war. Auch das Fell war recht zerzaust.

Während sie ihm beim Fressen zuschaute, überlegte sie, wieviel und wie schnell eine Katze wohl fressen konnte. Die Salamischeibe jedenfalls war in Windeseile in Leos Bauch verschwunden.

Entgegen ihrer Gewohnheit bereitete Julia sich einen zweiten Kaffee zu und setzte sich damit an ihren Schreibtisch.

Leo folgte ihr.

War das ein Zeichen, dass er wieder ins Freie wollte? Julia öffnete die Tür. Doch Leo machte keine Anstalten, das schön geheizte Büro zu verlassen. Stattdessen sprang er auf den Stuhl vor ihrem Tisch.

»Den kannst du nicht benutzen«, erklärte Julia. »Den brauche ich für meine Besucher.« Zweimal in der Woche hatte sie geöffnet, damit potentielle Kunden sowie die Mieter, die sie betreute, mit ihr sprechen konnten.

Als Ersatz holte sie aus dem hinteren Zimmer einen zweiten Stuhl und stellte ihn neben die Heizung. Widerstandslos ließ sich Leo auf das Polster heben. Dann rollte er sich ein und schloss die Augen. Julia streichelte ihn, was ihm ein Schnurren entlockte.

Das Telefon klingelte und brachte Julia in den Arbeitsalltag zurück. Sie arbeitete ungestört, und vergaß sogar zeitweise, dass der Kater faul auf dem Stuhl lag.

Leo selbst schien weder das Telefonklingeln noch das Rattern des Druckers zu stören.

Zu Mittag gab es ein Wurstbrot für sie beide und einen Kaffee für Julia.

Gegen 16.30 Uhr schaltete Julia den Computer aus.

Leo lag immer noch eingerollt auf dem Stuhl und schnarchte leise.

»Feierabend, Leo. Über Nacht kannst du nicht hierbleiben.« Julia zog sich die Jacke an und griff nach ihrem Schlüsselbund, während sie zu Leo sah. Das klappernde Geräusch weckte den Kater. Er stellte sich auf das Polster und machte einen Buckel. Nach einem ausgiebigen Strecken sprang er auf den Boden und verließ wie selbstverständlich mit Julia das Büro.

Gemeinsam liefen sie über die Straße und bis zu dem Wildgrundstück, das voller Bäume und Sträucher war. Hier verschwand Leo ins dichte Unterholz, ohne sich umzusehen. Verblüfft schaute Julia dem Kater nach. Was hatte sie erwartet?

An diesem Nachmittag kaufte Julia bei ihrem täglichen Gang in den Supermarkt neben Lebensmittel für sich auch eine Dose Katzenfutter. Vielleicht würde Leo morgen ja zurückkommen. Und von Salami konnte man eine Katze auf Dauer wohl nicht ernähren.

Tatsächlich war Julia am nächsten Tag noch keine zwei Schritte aus der Haustür getreten, da tauchte Leo aus dem Unterholz auf.

Er miaute, als sei er empört, dass er so lange auf sie warten musste. Julia freute sich über ihren Begleiter und spazierte bester Laune ins Büro.

Während Julia ihre Jacke an den Haken hing, die Einkäufe in den Kühlschrank räumte und noch in der Küche die wichtigsten Termine des Tages prüfte, schritt Leo erst einmal das ganze Büro ab. Auf seinem Kontrollgang sah er in alle Ecken, als wolle er prüfen, ob in seinem Revier auch alles in Ordnung war. Schließlich sprang er auf seinen Stuhl neben der Heizung und blieb dort liegen, eingerollt und ohne sich zu mucksen. Kaum verschwand Julia am Mittag jedoch in der Küche, um die Katzenfutterdose zu öffnen, kam er auf leisen Pfoten hinterher. Leo bekam Hühnchen, und Julia machte sich eine Käseschnitte. So ging das einige Tage lang.

Jeden Morgen schaute sich Julia nach Leo um, wenn sie aus dem Haus trat. Sie rief nach ihm, wenn er nicht gleich zu sehen war.

Anwohner hatten das ungleiche Paar schon bemerkt, und Bekannte lächelten, wenn Julia ihren Leo in den höchsten Tönen lobte. Er sei so sanft, zart und anschmiegsam.

Für mittags hatte Julia jetzt stets etwas zum Essen für Leo dabei, und manchmal gab es noch einen zusätzlichen Katzensnack, bevor es nach Hause ging.

An einem sonnigen Montagmorgen, es war inzwischen Anfang November, und der Herbst zeigte sich noch einmal von seiner schönsten Seite, ging Julia wie gewohnt mit Leo ins Büro. Am Vormittag war Sprechzeit, obwohl oft niemand kam. Diesmal jedoch klingelte es, und als sie öffnete, stand ein Mann vor ihr.

Trotz der Sonne hatte er eine schwarze Wollmütze tief ins Gesicht gezogen, so dass kaum noch seine Augen zu sehen waren.

Sein Blick war hart, und augenblicklich fröstelte es sie.

»Womit kann ich Ihnen helfen?« Julia versuchte, ihre Stimme ruhig und souverän klingen zu lassen. Ihr Unbehagen wurde dennoch stärker, und sie spürte ihren Puls in ihrer Halsschlagader. Schnell setzte sie sich hinter ihren Tisch.

»Ich kann meine Miete nicht bezahlen«. Die Stimme des Mannes klang, als mache er ihr dies zum Vorwurf.

Sie hatte ihn noch nie gesehen, dabei konnte sie sich eigentlich an die Mieter erinnern. »In welchem Objekt wohnen Sie denn?«

Spätestens jetzt musste der Besucher Angaben machen, und sie würde zumindest wissen, wen sie vor sich hatte.

Doch der Mann griente sie nur herausfordernd an. Sein Blick blieb auf ihrer Brust haften.

Die Härchen an Julias Armen richteten sich auf. Was, wenn der Mann sie angreifen würde? Sie tastete nach dem Alarmknopf unter dem Tisch. Der Notruf würde einen privaten Sicherheitsdienst erreichen. In wenigen Minuten würde jemand hier sein. Zumindest hatte sie dies vor einem Jahr in einem Vertrag so vereinbart. In Anspruch genommen hatte sie den Alarm bis jetzt allerdings noch nie.

»Bei Mietschwierigkeiten müssen Sie sich an Ihren Vermieter wenden. Ich kann Ihnen da nicht helfen«, versuchte Julia den Mann loszuwerden.

»Doch, Schätzchen. Du kannst mir ganz sicher helfen«, antwortete der mit süffisanter Stimme. Er trat einen Schritt näher an ihren Schreibtisch heran.

»Nein, kann ich nicht«, wiederholte sie entschlossen. »Am besten, Sie gehen jetzt. Sonst…«

Ihre Kehle war wie zugeschnürt.

»Sonst was?« Der Mann beugte sich zu ihr und grinste böse. »Ich brauche Geld. Du wirst doch hier eine Kasse haben. Her damit.«

»Ich habe nur Münzen für Kaffee und Briefmarken. Hier bezahlt doch niemand etwas. Alle Rechnungen werden per Überweisung beglichen. Hauen Sie ab, bevor es zu spät ist.«

Julia bemühte sich, stark zu wirken, doch sie konnte ihre Angst kaum unterdrücken. Ihre Hände zitterten. Sicherlich registrierte der Mann das auch.

»Für dich wird es gleich zu spät sein, wenn du das Geld nicht rausrückst«, antwortete er und schob sich noch näher an sie heran.

Sie konnte seinen schlechten Atem riechen. Ihr wurde übel, aber ausweichen konnte sie nicht. Hinter ihr befanden sich die Aktenschränke, und vom Schreibtisch aus gab es nur einen schmalen Durchgang bis zur Tür.

Den aber blockierte der Mann. Mit einem Schritt würde er sie abfangen. Was sollte sie jetzt tun? Der Mann streckte seine Hand aus, als wolle er ihr ins Gesicht fassen.

Julia rollte mit dem Bürostuhl zurück und stieß dabei heftig an die Schränke. »Ich habe kein Geld hier!«

In diesem Moment sprang Leo dem Eindringling von hinten auf die Schulter und wischte ihm mit einem Krallenschlag die Strickmütze vom Kopf.

Ein bedrohliches Fauchen, dann ein Aufschrei: Leo hatte dem Mann ins Ohr gebissen.

Julia nutzte den Moment. Raus hier. Sie rannte zur Eingangstür, riss sie auf und lief direkt in die Arme eines Wachmannes, der eben erst mit einem Kollegen eingetroffen war. »Ich bin überfallen wurden«, keuchte sie. »Der Mann ist noch drin. Und Leo auch.«

Die Security-Männer eilten mit ihr ins Büro. Was sie dort zu Gesicht bekamen, würden sie wohl so schnell nicht wieder vergessen: Der Täter lag am Boden – vor Schreck und Schmerzen musste er das Gleichgewicht verloren haben. Er hielt die Hände vor das stark blutende Gesicht.

Leo saß auf seinem Oberkörper und fauchte wie ein Tiger, aber als er Julia bemerkte, wurde er ruhig. Schnell nahm sie ihn auf den Arm. »Nicht auszudenken, was passiert wäre, wenn du nicht gewesen wärst.«

Leo schnurrte, als sei nichts geschehen.

Einer der Security-Männer hatte schon die Polizei verständigt, die den Täter mitnahm, und Julia erholte sich langsam von ihrem Schrecken. Doch an Arbeit war heute nicht mehr zu denken. Sie griff nach dem Schlüssel am Schlüsselbrett.

Leo schaute auf. Wahrscheinlich stimmte für ihn die Uhrzeit nicht. Recht hatte er: Es war gerade erst Mittag.

Gemeinsam verließen sie das Büro und liefen bis zu dem Dickicht, in dem Leo seinen Unterschlupf hatte. Aber statt sich wie sonst von ihm zu verabschieden, blieb Julia stehen und sagte: »Du kannst ruhig mit zu mir nach Hause kommen. Da wird sich bestimmt ein warmes Plätzchen für dich finden.«

Ein zustimmendes Miau antwortete ihr. »Na bitte, dann komm.« Julia öffnete die Haustür und ließ den Kater herein.

Ethel Scheffler

Was berühmte Menschen über Katzen sagen

Unter allen Geschöpfen dieser Erde gibt es nur eines, das sich keiner Versklavung unterwerfen lässt. Dieses ist die Katze. Würde man Menschen mit Katzen kreuzen, würde dies die Menschen veredeln, aber die Katzen verschlechtern.
Mark Twain

Die Katze ist das einzige Tier, das dem Menschen eingeredet hat, er müsse es erhalten, es brauche aber nichts dafür zu tun.
Kurt Tucholsky

Katzen erreichen mühelos, was uns Menschen versagt bleibt: durchs Leben zu gehen, ohne Lärm zu machen.
Ernest Hemingway

Katzen lieben Menschen viel mehr als sie zugeben wollen, aber sie besitzen so viel Weisheit, dass sie es für sich behalten.
Mary E. Wilkins Freeman

Ich wünschte, ich könnte so mysteriös schreiben wie es Katzen sind.
Edgar Ellen Poe

Wenn du ihre Zuneigung verdient hast, wird die Katze dein Freund ein, aber niemals dein Sklave.
Theophile Gautier

Katzen wurden in die Welt gesetzt, um das Dogma zu widerlegen, alle Dinge seien geschaffen, um den Menschen zu dienen.
Paul Gray

Die Menschheit lässt sich grob in zwei Gruppen einteilen – in Katzenliebhaber und im vom Leben Benachteiligte.
Francesco Petrarca

Wenn ich mit meiner Katze spiele, bin ich nie ganz sicher, ob nicht ich ihr Zeitvertreib bin.
Michel de Montaigne

Gott erschuf die Katze, damit der Mensch einen Tiger zum Streicheln hat.
Victor Hugo

Sylke Tannhäuser

Der grüne Daumen

Elvira Naumann kniete vor dem frisch geharkten Beet. In mühsamer Kleinarbeit hatte sie das vertrocknete Laub vom Vorjahr beseitigt und die Erde von winzigen Unkrauttrieben befreit.

Sie hatte den Dünger untergegraben und dabei sorgfältig darauf geachtet, dass er nur eine dünne Schicht bildete. Pferdeäpfel waren für viele Pflanzen gut, nur durfte man sie nicht zu üppig verwenden.

»Die Tomaten aus dem letzten Jahr haben den Dung geliebt«, sagte sie zu Kasimir, der es sich inmitten des Beetes bequem gemacht hatte. »Mal sehen, ob er auch den Gurken gefällt.«

»Miau«, antwortete Kasimir und begann, mit der Zunge sein Fell zu bearbeiten.

Er war eine geschmeidige, weiß-rot-schwarz gefleckte Schönheit; ein Glückskater.

Er selbst jedoch hätte viel darum gegeben, normal zu sein. Im Gegensatz zu seinen Artgenossen war er mit zwei statt einem X-Chromosom geboren worden, zusätzlich zu dem üblichen Y-Chromosom natürlich. Es war die Folge einer nicht korrekt verlaufenen Teilung der Keimzellen. Das hatte er in einer der Tiersendungen gesehen, die Elvira so gern guckte, und auch, dass er ein äußerst seltenes Exemplar war, weil Glückskatzen meistens weiblich waren. Tatsächlich gab es unter 3000 dreifarbigen Katzen nur eine einzige männliche.

Dumm nur, dass er unfruchtbar war. Das fand er besonders grausam, obwohl er mutmaßte, dass Elvira ihn gerade deswegen in ihr Heim geholt hatte.

»Kasi, geh mal zur Seite«, sagte sie, während sie aus dem Körbchen kleine grüne Pflanzen nahm und in einem Abstand von einem halben Meter in die weiche Erde steckte.

Es war Mitte Mai, die Eisheiligen waren vorbei, die Sonne strahlte und wärmte Kasimirs Bauch.

Gemächlich stand er auf und streckte sich; die Vorderbeine nach vorn, den Hintern in die Höhe und anschließend die Hinterbeine lang und die Nase hoch in den Himmel.

Wie gut das tat!

Noch während er herzhaft gähnte, verspürte er ein leichtes Grummeln im Bauch, Zeit für einen kleinen Snack.

Seine Pfoten hinterließen tiefe Spuren in der Erde, als er zu Elvira schlenderte.

Schmeichelnd strich er um ihre Beine und stieß einen langen, kläglichen Laut aus. Miauauauauau. Das hatte noch immer geholfen.

Tatsächlich stemmte Elvira sich hoch. Ächzend rieb sie sich den Rücken. Sie war nicht mehr die Jüngste, und außerdem ein wenig rund. An manchen Tagen schmerzten ihre Arme und Beine, dann schmierte sie sich mit einer Salbe ein, die nach Kampfer und Minze roch.

Angezogen von diesem köstlichen Duft hatte Kasimir einmal ihre Hand abgeleckt. Ein Fehler. Das Zeug hatte höllisch gebrannt, und seine Zunge war noch viele Stunden danach taub gewesen.

»Na komm, Kasilein«, sagte Elvira.

Seite an Seite gingen sie ins Haus. In der Küche stellte Elvira stellte einen Teller mit Hackfleisch und Haferflocken auf den Boden.

Nicht schlecht, aber noch nicht genug, dachte Kasimir, und gab ein aufforderndes Schnurren von sich. Wie erwartet kapierte Elvira sofort. Sie war nicht dumm, das hatte er schon oft festgestellt. Bald vervollständigte ein rohes Ei sein Mahl, und sogleich machte er sich darüber her.

»Meine Güte, kannst du futtern.« Elvira klang zärtlich, wie immer, wenn sie mit ihm sprach. Manchmal nannte sie ihn Mausi oder Häschen, meistens aber Kasilein. Nichts davon gefiel ihm, aber im Laufe der Jahre hatte er sich damit abgefunden, Hauptsache, Elvira verpflegte ihn gut.

Und das tat sie wirklich. Täglich setzte sie ihm eine neue Leckerei vor, und auch sonst kümmerte sie sich um ihn. War er krank, wurde er zum Tierarzt geschleppt und bekam Medizin. Schlief er schlecht, durfte er in Elviras Bett kriechen und sich an sie schmiegen. Nie schloss sie ihn aus ihrem Leben aus.

Der Teller war ratzekahl leer geputzt.

»Feines Kasilein«, ließ Elvira sich vernehmen, »und jetzt gehen wir wieder in den Garten.«

Tagein, tagaus schaute Elvira, ob die Gurkenpflanzen auch gut wuchsen. Morgens und abends füllte sie die grüne Kunststoffgießkanne und wässerte die Erde. Jeden Tag band sie herabhängende Ausläufer an dem neu aufgestellten Spalier fest, und als sich an den Ranken die ersten zarten Gürkchen bildeten, sprach sie sogar mit ihnen. So ging es den ganzen Sommer lang, und schließlich boten die Pflanzen eine reichliche Ernte.

Regelmäßig schnitt Elvira frische grüne Gurken auf und aß sie genüsslich. »Nichts geht über Gemüse, auch du solltest davon kosten«, sagte sie zu Kasimir, aber er ließ die runden Scheibchen links liegen.

Es kam der Herbst. Eines Abends im September, Elvira war schon zu Bett gegangen, saß Kasimir auf dem Fensterbrett in der Küche und schaute nach draußen.

Die Gurkenpflanzen reckten sich kerzengerade wie Zinnsoldaten ins Licht des vollen Mondes, da sah er zwischen zwei Pflanzen eine sandfarbene Venus liegen. Sie rollte und wand sich an einem besonders dicken Trieb, dass die weiter oben hängenden Gurken wie Lämmerschwänze wackelten. Das Fell auf ihrer Bauchseite schimmerte weiß und rein, aber das schönste waren ihre Augen. Riesige, glänzende Seen von der Farbe polierten Bernsteins.

Hypnotisiert starrte Kasimir durch die Scheibe. Was für eine Göttin!

Als hätte sie ihn bemerkt, peitschte sie ihre Lunte zur Seite und zeigte ihm ihr Hinterteil. Kasimir stand in Flammen. Er kletterte durch die Katzenklappe ins Freie und steuerte auf die ihm dargebotene Pracht zu.

Die Besucherin räkelte sich noch wilder, glückverheißender und lockender, bis er zu ihr hechtete und auf sie sprang. Ein Biss in den Nacken, und sie wurde starr. Das war seine Chance.

Er gab sein Bestes, bis vor seinem inneren Auge Sterne explodierten. Ihre Schreie gellten durch die Nacht, dann löste er sich von ihr und brachte sich außer Reichweite ihrer Krallen. Fauchend zeigte sie ihm die Zähne. Was gäbe er darum, dass seine Lenden wenigstens dieses Mal etwas hergegeben hätten, aus dem etwas Neues entstehen konnte. Wie herrlich mussten die Kinder aussehen, die seiner Vereinigung mit einer derart rassigen Mutter entstammten.

Doch ihm blieb keine Zeit, die Laune der Natur zu verfluchen, die ihn nur Blindgänger produzieren ließ, denn seine Partnerin ging auf ihn los. Ziellos schlug sie nach ihm, wieder und wieder, kreischend wie ein kleines Kind, bis sie außer Puste war.

Ihr Körper bebte, und wieder streckte sie sich vor ihm aus, wand sich wollüstig und reizte ihn erneut.

So ging es eine ganze Weile, längst hatte Kasimir das Gefühl für Raum und Zeit verloren, und erst als der Mond senkrecht auf sie herabschaute, ließen sie einander los.

Ausgepumpt schlich Kasimir ins Haus zurück und in sein Körbchen, um auf der Stelle einzuschlafen.

Am Morgen weckte ihn ein lauter Schrei. Elvira hatte die Terrassentür aufgestoßen und war nach draußen gerannt. Fassungslos starrte sie auf das Gurkenbeet.

Wo gestern noch starke Pflanzen gestanden hatten, war jetzt ein Durcheinander zu sehen, als wäre ein Sturm durch den Garten gefegt. Kreuz und quer lagen abgeknickte Ranken auf der Erde zwischen Blättern, die von scharfen Krallen zerfetzt waren.

»Meine Gurken«, stammelte Elvira. Sie bückte sich, um zu retten, was zu retten war.

Kasimir, der ihr gefolgt war, setzte sich auf den Rasen und begann mit der Morgentoilette. Ab und zu schielte er zu Elvira hinüber.

Irgendwie tat sie ihm leid, wie sie inmitten des Desasters kniete und nach ihren geliebten Gurken suchte, doch je länger er den wüsten Schauplatz seines nächtlichen Abenteuers betrachtete, umso stolzer wurde er. Das da war sein Werk, die Arbeit eines echten Kerls.

Schließlich erhob er sich und lief zu Elvira hin. Sanft schnurrend stupste er sie an.

»Mein Gott Kasi, dich hätte ich fast vergessen«, sagte sie. »Du willst dein Frühstück, ja?«

Er schaute sie mit einem Blick an, von dem er hoffte, dass er unschuldig und treuherzig zugleich wirkte. Zur Bekräftigung ließ er ein leises Miau ertönen.

»Du hast recht, mein Häschen. Der Garten kann warten.« Elvira nahm ihn auf den Arm, und während sie ihn nach drinnen trug, kuschelte er sich eng an ihre Brust. Wie schön sein Leben doch war, perfekter konnte es nicht sein.

Ethel Scheffler

Eine klebrige Angelegenheit

Hier finde ich bestimmt ein sicheres Plätzchen zur Übernachtung, dachte Sammy.

Dem Kater war die große Scheune am
Rande der Dorfstraße bei seinem Rund-
gang aufgefallen.

Er sprang durch ein halbgeöffnetes Fenster in das Innere. Glück gehabt. Die nächste kalte Märznacht würde er nicht draußen verbringen müssen.

Was Sammy nicht wusste: Die Scheune war zu einer Kulturscheune umgebaut worden. Hier gab es keine Strohballen oder gar einen Heuboden. An den Wänden zogen sich Regale entlang, gefüllt mit allerlei Spraydosen, Farbtuben und Pinsel in Töpfen. Links und rechts befanden sich Tische. Kein Mensch weit und breit.

Sammy machte einen Satz und spazierte von Tischplatte zu Tischplatte. Dass da gemalte Keilrahmenbilder lagen, deren Ölfarbe noch nicht ganz trocken waren, interessierte ihn nicht.

Er lief über die bunten Vierecke, Kreise und Striche. Mit seinen samtweichen Pfoten übertrug er die verschiedenen Farben von einem Bild auf das andere, ganz ohne Pinsel.

Sammy war auf der Suche nach etwas Essbarem. Immer wieder schaute er forschend in die Regale.

Nichts. Der Hunger trieb ihn weiter.

Nachdem er die eine Seite abgeschritten hatte, wechselte er auf die andere. Auf dem ersten Tisch fand er eine kleine Staffelei mit einem Bild. Der angehende Künstler hatte mittels 3D-Spachtelmasse einen Käse nachempfunden und eine Maus darauf gemalt, die genüsslich an dem Käse knabberte. Durch die verschiedenen Materialien, die der Künstler verwendet hatte, wirkte die Szene nicht nur sehr plastisch, sondern täuschend echt.

Sammy schnupperte. Irgendwie roch die Maus komisch. Gar nicht nach Fleisch und Blut. Und sie bewegte sich auch nicht. War sie etwa tot? Eine leichte Beute?

Er schlug nach ihr, seine Krallen fuhren in das Bild, gleich darauf fiel die Staffelei klappernd in sich zusammen.

Sammy erschrak. Er machte einen Satz und landete auf einer Fünf-Liter-Dose, deren Deckel halb geöffnet war und der nun unter ihm nachgab, so dass er mit den Vorderpfoten in einer weichen Masse versank.

Weg, nur weg, dachte er, doch er steckte fest.

Stück für Stück schob er sich rückwärts über den Tisch, aber dann trat er plötzlich ins Leere und stürzte mitsamt der Dose auf den Boden. Die Leichtstrukturpaste, die so schön weiß war und wie Sahne aussah, lief über sein graugetigertes Fell.

Was für ein Schreck. Sammy heulte auf.

Doch niemand konnte ihm helfen. Die Workshop-Teilnehmer waren schon vor Stunden nach Hause gegangen.

Er riss und zerrte, um sich aus der Dose zu befreien, doch die klebrige Paste hielt ihn gefangen. Schon wollte er aufgeben, da gelang es ihm schließlich, und er kam frei. Über und über beschmiert verließ er den Platz. Sein Hunger war inzwischen verflogen.

Er tapste an die Seite, wo ein paar alte Zeitungen lagen, und rollte sich zusammen. Irgendwann schlief er ein.

Mit dem ersten Tageslicht erwachte er. Er wollte sich ausstrecken, doch es ging nicht.

Die Strukturpaste war inzwischen angetrocknet. Erst nach mehrmaligen kraftvollen Versuchen kam Sammy auf die Pfoten. Bei jeder Bewegung bröckelte die weiße Paste stückchenweise ab. Es ziepte und brannte auf der Haut. Ihm tat alles weh.

Da öffnete sich das Scheunentor, und fünf lustig schwatzende Frauen traten ein.

»Was ist das denn?«, rief da eine ältere Frau mit dunkelbraunen Haaren. Verzweifelt musterte sie den Tisch.

Auch die anderen entdeckten nun die künstlerischen Änderungen an ihren Werken. Aufgeregt riefen sie durcheinander.

Sammy nahm seinen ganzen Mut zusammen und stolperte auf sie zu.

»Der Arme wird sterben, wenn er nicht bald das Zeug vom Fell bekommt«, sagte eine junge Frau mit einem geflochtenen Zopf.

»Da ist nichts mehr zu machen«, sagte eine andere. »Der Kater kratzt und beißt bestimmt, wenn man ihn einfängt.«

Die ältere Frau jedoch verschwand in Richtung der Toilette und kam kurz darauf mit einem Handtuch zurück.

Über Sammy gebeugt, sprach sie mit ruhiger Stimme auf ihn ein: »Ich heiße

Karin, ich helfe dir, kleiner Kater. Ich lege das Handtuch um dich und nehme dich mit zu mir nach Hause.«

Sammy war alles recht, wenn er nur das Zeug von seinem Fell wieder herunterbekam.

Behutsam hüllte Karin ihn in das Handtuch, dann verabschiedete sie sich von den anderen, trug Sammy in ihr Auto und legte ihn auf den Beifahrersitz. »Du brauchst keine Angst zu haben. Wir sind nicht lange unterwegs.«

Sammy war schon alles egal. Sein Magen knurrte in einem fort, und in seinem Kopf drehte sich alles.

Wenig später hielten sie vor einem kleinen Haus. Karin trug den Kater direkt ins Bad und setzte ihn behutsam in die Wanne. Das verschmutzte Handtuch legte sie beiseite.

»In bin Friseurin, und obwohl ich seit einem Jahr in Rente bin, habe ich noch nichts von meinem Beruf verlernt. Auch, wenn ich so einen außergewöhnlichen Kunden wie dich noch nie gehabt habe.

Wir waschen, legen und föhnen jetzt dienen Pelz.« Verschmitzt lächelte sie, dann machte sie sich ans Werk. Sie griff nach der Handbrause und stellte den Wasserstrahl auf lauwarm. Mit der einen Hand duschte sie Sammy ab, mit der anderen versuchte sie, die Paste aus seinem Fell zu rubbeln. Doch so richtig wollte das nicht funktionieren. Das Fell blieb bis auf die Haut verschmiert.

Todunglücklich sah Sammy zu Karin auf, doch die hatte anscheinend eine neue Idee. Aus dem Badschrank holte sie ein Stück Seife. Keine gewöhnliche, sondern eine Pinselseife, mit der man Pinsel von Öl- und Acrylfarbrechtbefreien konnte. Was bei den Pinseln klappte, könnte wohl auch bei Sammy funktionieren. Mit dem ganzen Stück seifte sie sein Fell ein.

Sammy musste niesen. Schaumblasen flogen durch die Luft. Karin schwenkte die Brause über das Fell. Paste und Farbreste verschwanden im Abfluss.

Obwohl Karin den Vorgang mehrmals wiederholte, schien sie nicht ganz zufrieden zu sein. Sie rubbelte Sammy erstmal ab, dann hob sie ihn aus der Wanne heraus. Auf dem Fliesenboden stehend, begann er sofort sein Fell zu putzen.

»Nein, nein«, sagte Karin. »Das darfst du nicht. Das ist nicht gut für dich.«

Doch Sammy ließ sich nicht beirren. Plötzlich hielt Karin eine Haarschneidemaschine in der Hand, und ehe Sammy sich versah, rasierte sie ihm das Fell vom Rücken.

»Statt legen und föhnen, schneiden wir eben«, sagte sie.

Sammy war das nicht geheuer. Doch er begriff, dass es nur zu seinem Wohle sein konnte, denn bisher hatte Karin alles getan, um ihm zu helfen.

Die kleinen Vibrationen, die von dem Gerät ausgingen, empfand er als angenehme Massage. So hatte Sammy auch nichts dagegen, dass er nicht nur auf dem Rücken, sondern von allen Seiten rasiert wurde. Besonders vorsichtig hantierte Karin mit dem Gerät am Kopf und hinter den Ohren.

Nachdem sie fertig war, stellte sie ihn erneut in die Wanne, brauste und seifte und seifte und brauste, bis sie ihn schließlich trockenrubbelte. Zum Schluss föhnte sie die restliche Nässe von seiner Katzenhaut.

Die Wärme tat gut. Sammy räkelte sich, dann reckte und streckte er sich, bis er in der gläsernen Duschwand sein Spiegelbild sah. Entsetzt zuckte er zusammen. War das wirklich er? Splitterfasernackt?

Wie, um Himmels Willen, konnte er sich so auf der Straße sehenlassen?

Karin hatte ihn beobachtet und lachte. »Mach dir nichts daraus. Aus Erfahrung weiß ich, dass Haare nachwachsen. Bei dir wird es nicht anders sein. Und bis dahin bleibst du einfach bei mir.«

Wussten Sie das schon…

Die Vielzahl an Aphorismen, Fabeln und Überlieferungen über Katzen ist groß. Sogar Witze gibt es. Und Sprichwörter, deren Herkunft und Überlieferungen Sylke Tannhäuser gesammelt, aufgeschrieben und neu erklärt hat.

Alles für die Katz

Vor langer Zeit lebte ein Bäcker. Er war fleißig und für seine schmackhaften Backwaren weithin bekannt, doch fürs Geschäftliche hatte er wenig Sinn. Nie wusste er, welchen Lohn er für seine Arbeit verlangen sollte. Also überließ er es seinen Kunden, den Preis festzulegen. Die fanden das sehr praktisch, denn eigentlich wollten sie am liebsten nichts für Brot und Kuchen zahlen. Daher fertigten sie ihn nur mit einem *Vergelt's Gott, Herr Bäcker*, ab.

Mit der Zeit ging dem Bäcker auf, dass damit Schluss sein musste, wenn er etwas für seine Arbeit verdienen wollte. Er musste seinen geizigen Kunden eine Lehre erteilen. Also nahm er künftig seine Katze mit in die Backstube, und jedes Mal, wenn ihn ein Kunde mit einem Dankeschön abspeiste, sagte er zu ihr: »Sieh her, Katze, das gehört dir.«

Mit der Zeit wurde die Katze dünner und dünner, und als die Kunden den Bäcker fragten, was mit ihr los sei, antwortete er: »Ich geb ihr fleißig euer Dankeschön zu Speisen, aber anscheinend wird sie davon nicht satt.«.

Da sahen die Kunden ein, dass sie ihn für seine Arbeit bezahlen mussten, damit er samt Katze nicht verhungerte.

Noch heute sagt man aber, wenn eine Arbeit umsonst war: *Das war alles für die Katz.*

Die Katze im Sack kaufen

Einst erstand ein Bauer beim Viehhändler eine große weiße Henne. Der Händler tat sie in einen Sack, den der Bauer frohgemut nach Hause trug.

»Ab jetzt wird es jeden Morgen ein leckeres Frühstücksei geben«, sagte er zu seinem Knecht, doch als er den Sack öffnete, fand er statt der Henne eine Katze vor.

»Oh weh, warum nur habe ich dem Händler vertraut?«, klagte der Bauersmann. »Warum habe ich ihm nicht auf die Finger geguckt?«

»Sei nicht traurig, Bauer«, sagte der Knecht. »Du bist nicht der Erste, der reingelegt wurde. Aber aus Fehlern kann man lernen! Schau künftig genau hin, was dir jemand einpackt. Dann kaufst du nie wieder die Katze im Sack.«

Die Katze aus dem Sack lassen

Es lebte einmal ein strenger Kapitän, der in einem Sack eine Peitsche mit neun Riemen aufbewahrte. Die neunschwänzige Katze. Hatte sich ein Matrose eines Vergehens schuldig gemacht, holte der Kapitän sie heraus.

Jeder wusste, was das bedeute: Der unglückliche Matrose wurde vor den Augen seiner Kameraden ausgepeitscht, mal mehr, mal weniger hart.

Gerade die Ungewissheit über die Höhe der Strafe aber war eine Qual, denn von der Anzahl der Peitschenhiebe hing es ab, wie es dem Delinquenten danach ging. Hing ihm die Haut in Fetzen vom Rücken, oder blieb es bei ein paar Striemen?

Dieses Geheimnis jedoch verriet der Kapitän erst, wenn er die neunschwänzige Katze aus dem Sack gelassen hatte.

Abgehen wir Schmitz Katze

Fragen Sie sich, wer dieser Schmitz eigentlich ist?

Schmitz kommt von Schmied. Eine Zunft, die früher oft Katzen hielt, um Mäuse aus der Werkstatt zu vertreiben.

Kamen die Mäusejäger jedoch ausgerechnet dann in die Nähe des Ambosses, wenn der Schmied gerade hämmerte, erschraken sie gewaltig und flitzten davon. Sie gingen ab, wie des Schmieds Katze – oder eben Schmitz Katze.

Der Katze die Schelle
umhängen

Einst lebte eine Katze, die ein besonders erfolgreicher Jäger war. Ihr gelang es, immer wieder die Mäuse des Hauses zu fangen, denn weil sie auf leisen Pfoten kam, wurde sie von den Mäusen oft nicht gehört.

Eines Tages fanden sich die Mäuse zusammen, um zu beschließen, was sie dagegen unternehmen könnten.

»Wir müssen merken, wenn sie sich anschleicht«, sagte ein Pfiffikus, und er hatte auch gleich eine Idee, wie das vonstattengehen konnte. »Wir hängen ihr eine Glocke um den Hals. Wenn die Katze sich bewegt, bimmelt es. Dann sind wir vor ihr gewarnt.«

»Und wer will diese Aufgabe übernehmen?«, fragte das Mäuseoberhaupt. »Freiwillige vor.«

Doch so sehr er auch bat und bettelte, keine Maus war mutig genug.

»Es ist zu gefährlich«, sagten die einen.

»Wir können unser Leben nicht riskieren«, sagten die anderen.

Und so kam es, dass die Katze keine Glocke bekam und weiter den Mäusebestand des Hauses dezimierte, mochten sich die Mäuse auch noch so gut verstecken.

Geblieben ist die Redensart von den Schellen, die der Katze umgehängt werden sollen. Immer dann, wenn eine heikle Aufgabe zu erledigen ist.

Am Katzentisch sitzen

In einem Kloster gab es einst viele Katzen. Die Mönche fütterten sie, indem sie das Futter auf den Boden legten. So fraßen die Katzen abseits der großen Tafel. Eines Tages wurde ein noch junger Mönch mit der Fütterung beauftragt. Die Schale mit Essensresten in der Hand wandte er sich an den Vorsteher und fragte: »Ich weiß nicht, wo die Katzen fressen. Wohin soll ich das Futter stellen?«

»Auf den Katzentisch«, antwortete der Abt im Scherz.

Und seitdem heißen abseitsstehende Tische, an denen Kindern oder Personal getrennt von den anderen essen, eben Katzentische.

Katz und Maus spielen

Wer hat nicht schon einmal beobachtet, dass Katzen mit ihrer Beute spielen, bevor sie sie fressen?

So erging es auch einer jungen Frau. Verliebt in den Nachbarssohn drängte sie ihn, so oft sie sich trafen: »Sag, wann wirst du um meine Hand anhalten?«

Der Nachbarssohn fand die Maid gar ansehnlich. Er küsste und drückte sie nur zu gern. Aber heiraten?

»Erst muss ich genug sparen, um dir ein Heim zu bieten«, sagte er.

Ein anderes Mal berief er sich darauf, dass er auf Wanderschaft gehen müsse, um sein Handwerk besser zu lernen. Und so erfand er Tag für Tag eine neue Ausrede. Eines Abends, die Verliebten standen eng-umschlungen im Stall, fiel der Blick der Maid auf eine Katze, die eine Maus ge-fangen hatte und sie immer wieder in die Luft warf, um sie gleich darauf erneut zu packen.

»Du willst mich gar nicht heiraten, du hast mit mir gespielt wie die Katz mit der Maus«, rief sie aus.

Der Nachbarssohn war empört und verließ sie auf der Stelle.

Doch wird jemand immer wieder vertröstet und über eine schon fest-stehende negative Entscheidung im Un-gewissen gelassen, heißt es seitdem: Katz und Maus spielen.

Da beißt sich die Katze in den Schwanz

Vor vielen, vielen Jahren lebte in einem Dorf ein Bauer und seine Frau. Sie waren arm und kamen gerade so über die Runden. Für das tägliche Essen reichte es, doch neue Kleidung konnten sie sich nicht leisten.

So trug ihr sechszehnjähriger Sohn noch immer die Hose, die er mit zwölf schon getragen hatte, nur war sie im Laufe der Jahre immer kürzer geworden.

Nun begab es sich, dass der Burgherr dem Bauern auftrug, ihm seinen Jungen zu schicken. Bedienen sollte der Junge, an der Tafel. Denn der Burgherr plante ein Fest, wie es seine hochherrschaftlichen Freunde noch nie zuvor gesehen hatten. Als Lohn versprach der Burgherr dem Bauern einen Taler.

Das Geld konnte die Bauersfamilie gut gebrauchen, doch es gab einen Haken. Anständig und sauber gekleidet müsse der Junge kommen, so hatte der hohe Herr gefordert, denn er wollte sich vor seinen Gästen nicht blamieren.

Nun war guter Rat teuer. Von dem versprochenen Lohn konnte der Bauer leicht eine neue Hose für seinen Sohn erstehen, den Lohn allerdings bekam er nur, wenn der Junge eine neue Hose besaß.

So sehr er auch grübelte, einen Ausweg fand er nicht. Es war wie bei seiner Katze, die sich auf der Jagd nach ihrem Schwanz immer schneller im Kreis drehte und ihn doch nicht packen konnte, weil er genauso schnell ihren Zähnen entkam.

Quellen

https://beruhmte-zitate.de/themen/katze/

https://www.katzenfreundewelt.de/

https://www.sprichwoerter.net/

https://www.geo.de/geolino/redewendungen

http://www.hund-oder-katze.com/johann-wolfgang-von-goethe-und-die-katzen

https://pixabay.com/de/